JN208043

進士素丸

KADOKAWA

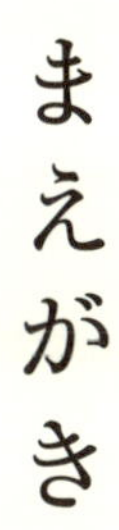

まえがき

はじめまして、進士素丸(しんじすまる)と申します。

このたびは、以前私が書いた「文豪どうかしてる逸話集」という記事が編集の方の目にとまり、書籍化のご提案をいただいて、本書を出版させていただく運びとなりました。

記事を書いた当初は、まさかこんな形で本が出るなんて夢にも思っていなかったので、このような形で新しく読者の皆様とお会いすることができ、大変嬉しく思います。本当にどうもありがとうございます。

さて、皆さんは〝文豪〟と聞いた時、どのようなイメージを持つでしょうか。

「難しそうな小説を書いた人たち」とか、「すごい偉い人でしょ?」とか、もしかしたらそんなイメージをお持ちかもしれません。

たしかに、素晴らしい作品の数々を世に残し、教科書にも気難しそうな顔をして載っている文豪の皆さんですが、実はそんな彼らにも、恋愛に悩んだり、お酒を飲んで喧嘩したり、どうでもいいようなことにくよくよしたりと、実に人間っぽいところがいっぱいありました。

日本一売れている小説『こころ』を書いた夏目漱石は、実はメンタルが超弱くて、落ち込むとすぐに引きこもってしまったり、日本人初のノーベル文学賞を受賞した川端康成はとんでもない借金王だったり、あの宮沢賢治だって、いかがわしい本を見つけられて中学生みたいな言い訳をしていたりするのです。

多くの偉大な作品を世に残した彼らが、実は私たちが普段思い悩んでいるようなことに同じように悩んだりしていたなんて、なんだか勇気をもらえるような気持ちになりませんか？

そんな、人間味溢れる一面を知ったうえであらためて彼らの作品を読むと、今までと違った感想を持つかもしれませんし、より一層面白く感じられるかもしれません。

素晴らしい作品を生む人間が必ずしも素晴らしい人間とは限らないし、またそうある必要もないのです。

本書ではそんな彼らの、かわいくもおかしなエピソードを、『文豪どうかしてる逸話集』としてまとめてみました。文豪たちの知られざる素顔を、お楽しみいただけたらと思います。

進士　素丸

目次

第一章 太宰治を取り巻くどうかしている文豪たち

芥川龍之介が大好きすぎる太宰治。

ひたすら龍之介の名前を書き連ねた恥ずかしいノートを、後年公開される。

芥川賞がどうしても欲しいのに、もらえない太宰治。

選考委員の川端康成に、「小鳥と歌い、舞踏を踊るのがそんなに高尚か。刺す」

太宰治は、借金のかたに友人を人質に取られた経験をもとに『走れメロス』を書いたが、
実際は全然走っていないどころか、友人を見捨てた。

第二章 夏目漱石一門と猫好きな文豪たち

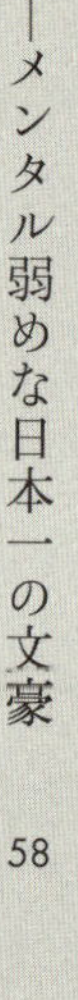

第二章

紅露時代の几帳面で怒りっぽい文豪たち

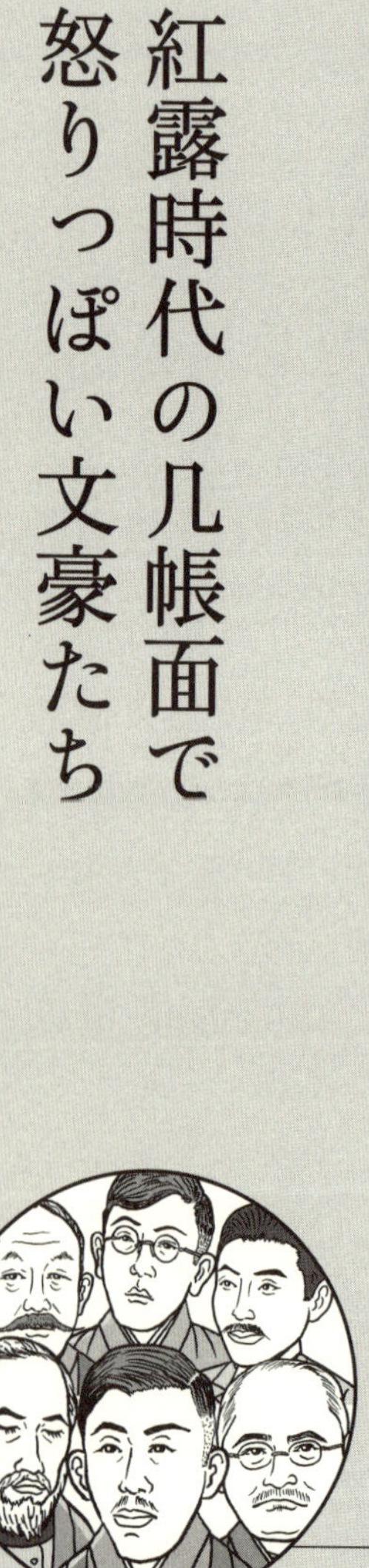

第四章 谷崎潤一郎をめぐる複雑な恋愛をした文豪たち

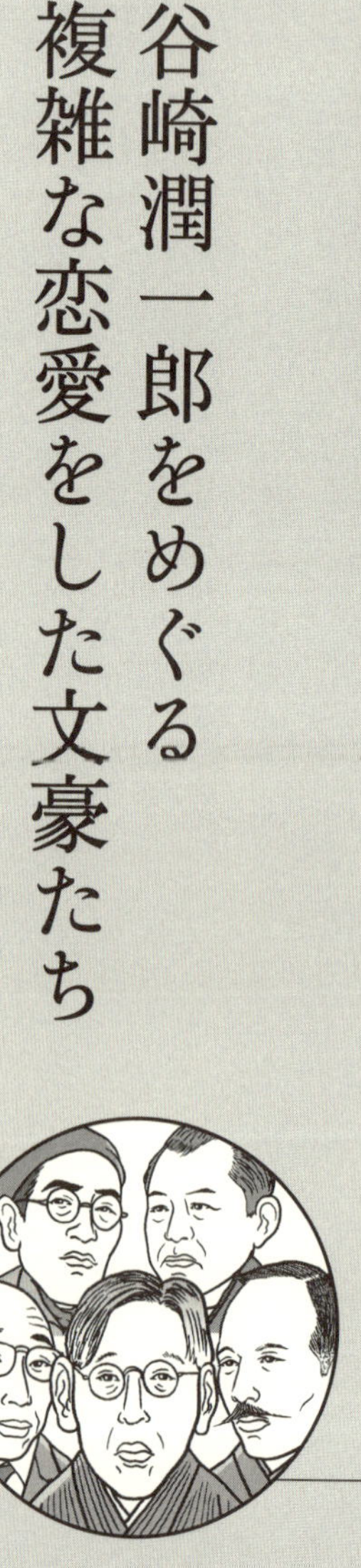

第五章

菊池寛を取り巻くちょっとおかしな文豪たち

第一章

太宰治を取り巻く どうかしている文豪たち

太宰治
檀一雄
坂口安吾
志賀直哉
中原中也
宮沢賢治

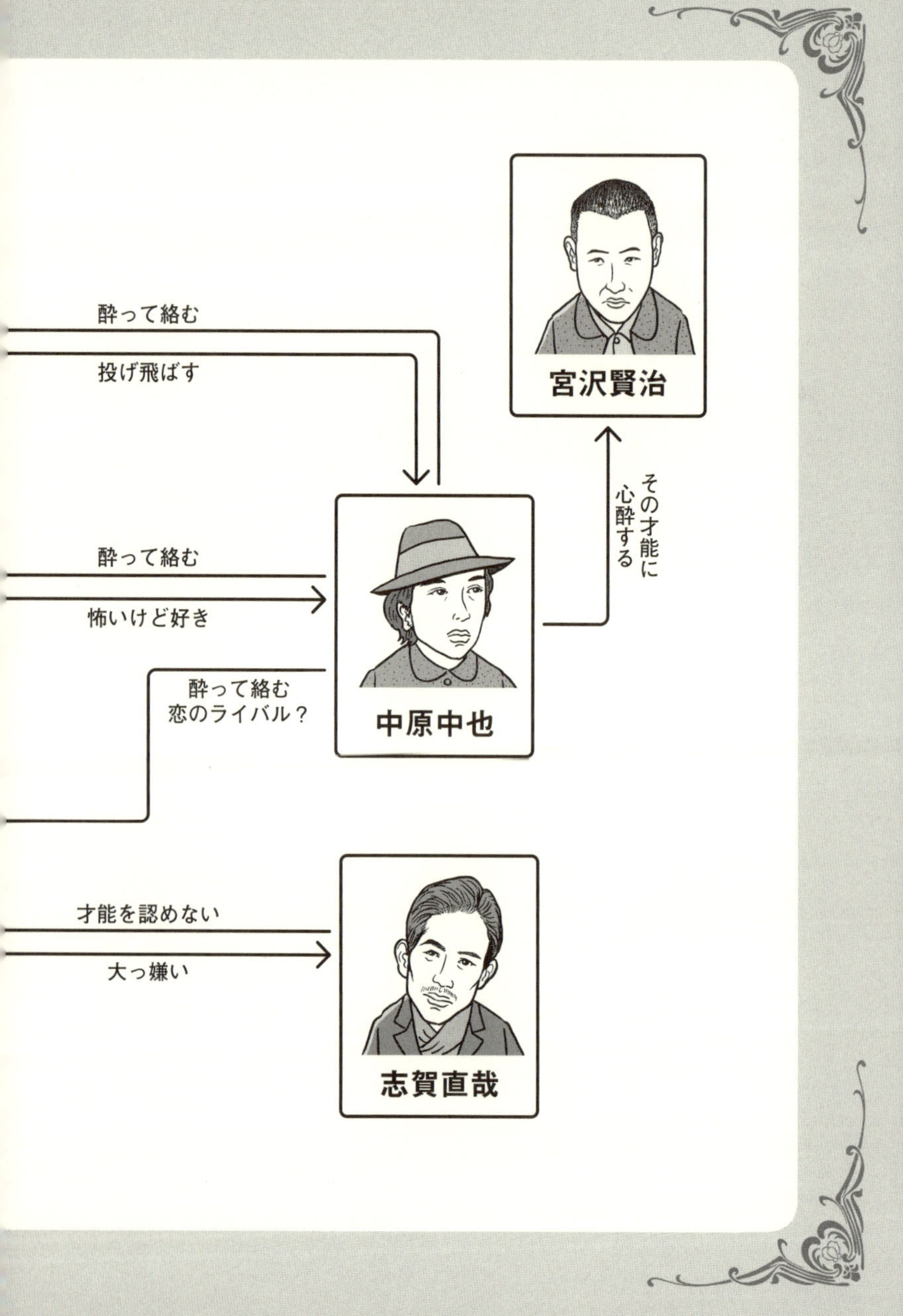
酔って絡む
投げ飛ばす
宮沢賢治
その才能に
心酔する
酔って絡む
怖いけど好き
酔って絡む
恋のライバル？
中原中也
才能を認めない
大っ嫌い
志賀直哉

【第一章　相関図】

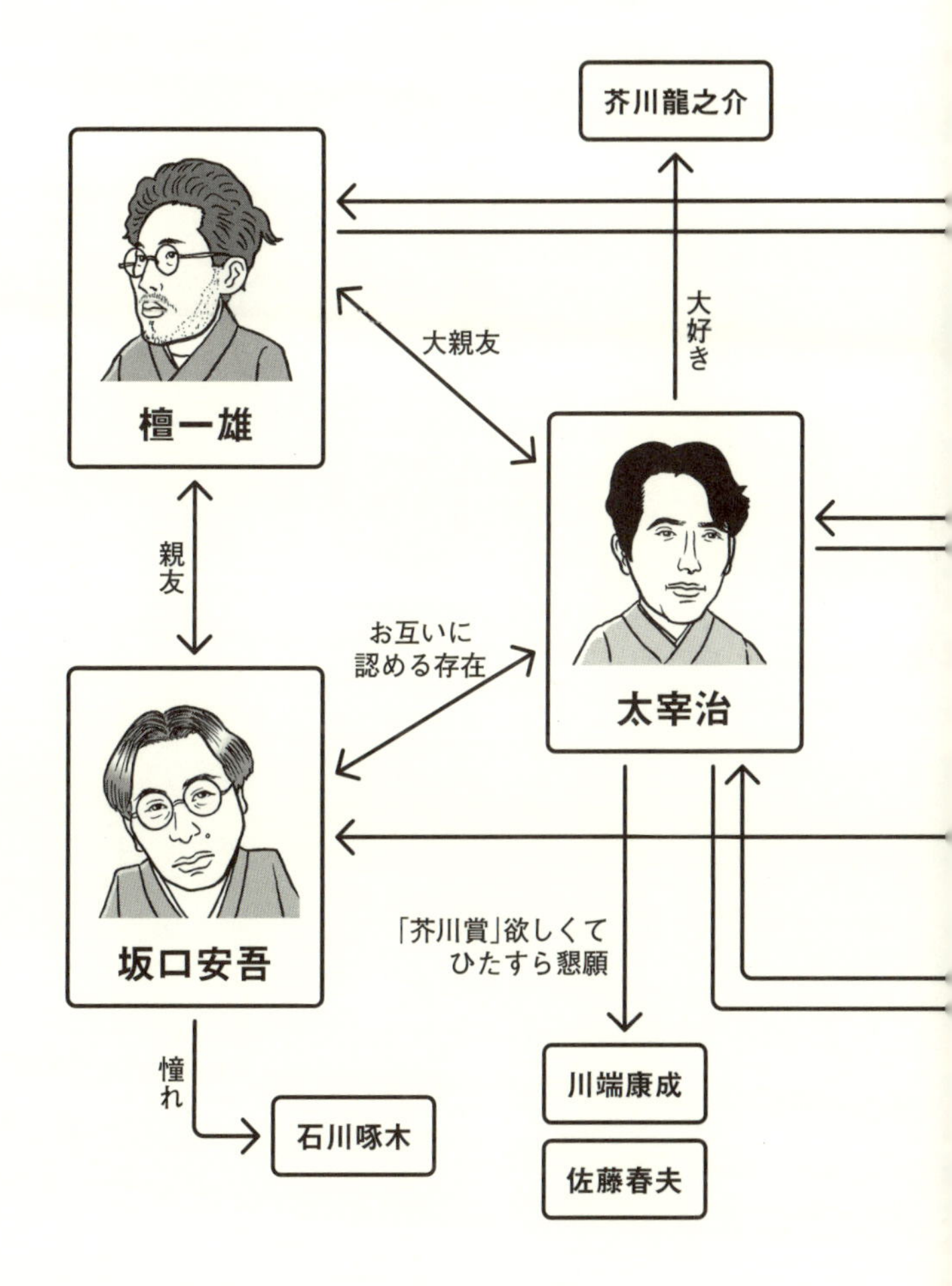

芥川龍之介
大好き
大親友
檀一雄
親友
お互いに
認める存在
太宰治
坂口安吾
「芥川賞」欲しくて
ひたすら懇願
憧れ
石川啄木
川端康成
佐藤春夫

【太宰治（だざいおさむ）】

（1909 ～ 1948）

プロフィール

職業：小説家
本名：津島修治
出身地：青森県
好きな文豪：芥川龍之介
趣味：酒・薬・女・心中

人間失格そのままの人

お父さんは県内有数の大地主であり、衆議院などの議員も務めた立派な人。家にお手伝いさんが何十人といる裕福な家庭で育った太宰は、いわゆる〝おぼっちゃん〟であった。

学生時代は非常に優秀で成績はトップクラスだったが、父親は多忙で母親は病弱だったため、両親にはあまり構ってもらえなかった。

本を読むのが大好きで、芥川龍之介や泉鏡花、井伏鱒二などの作家がお気に入り。16歳の頃から自分でも小説を書き始める。

上京してからは、左翼活動やってみては自殺未遂、実家に勘当されては自殺未遂、鎮痛剤中毒になっては自殺未遂……と、「文豪＝自殺」のイメージを定着させた張本人。

代表作

『斜陽』（1947）

終戦後の日本を舞台に、没落していく貴族と、主人公・かず子が思いを寄せる流行作家の姿を描く。「恋と革命のために生きる」かず子のモデルは太宰と関係のあった太田静子。大ベストセラーとなり、没落していく貴族を指す〝斜陽族〟という言葉を生み出した。

『ヴィヨンの妻』（1947）

家庭をかえりみず、酒と女と放蕩三昧（ざんまい）の亭主に巻き込まれながらも成長していく妻の話。「僕はね、キザのようですけど、死にたくて、仕様が無いんです」と言う亭主のモデルは太宰本人。

『人間失格』（1948）

「恥の多い生涯を送って来ました」で始まる冒頭がとても有名。「人間なんてうそばっかり！　人生怖い！」と、ことあるごとに絶望を深めては酒と薬に溺れ、生活を退廃させていく主人公。モデルはもちろん太宰本人。

芥川龍之介が大好きすぎる太宰治。ひたすら龍之介の名前を書き連ねた恥ずかしいノートを、後年公開される。

学生時代の太宰にとって、芥川龍之介は超アイドル的存在であった。

太宰が使っていたノートには、龍之介の名前を書き連ねる以外に似顔絵なんかも描かれていて、とにかく龍之介が大好き。

芥川龍之介が大好きすぎて、龍之介ポーズで撮った写真まで残している太宰だったが、結局太宰が芥川龍之介に直接会うことは叶わなかった。

太宰が青森市での芥川龍之介の講演を聴きに行ったわずか3カ月後、太宰が18歳の時に、芥川龍之介は35歳にして、睡眠薬で自殺してしまったためである。

太宰にとってヒーローであり、文学上の師匠でもあった芥川龍之介の死。

太宰はショックのあまり部屋に引きこもり、心配する友人に「作家の死とはこうあるべきかもしれない」と語り、その後何度も自殺未遂を繰り返すことになったのでした。

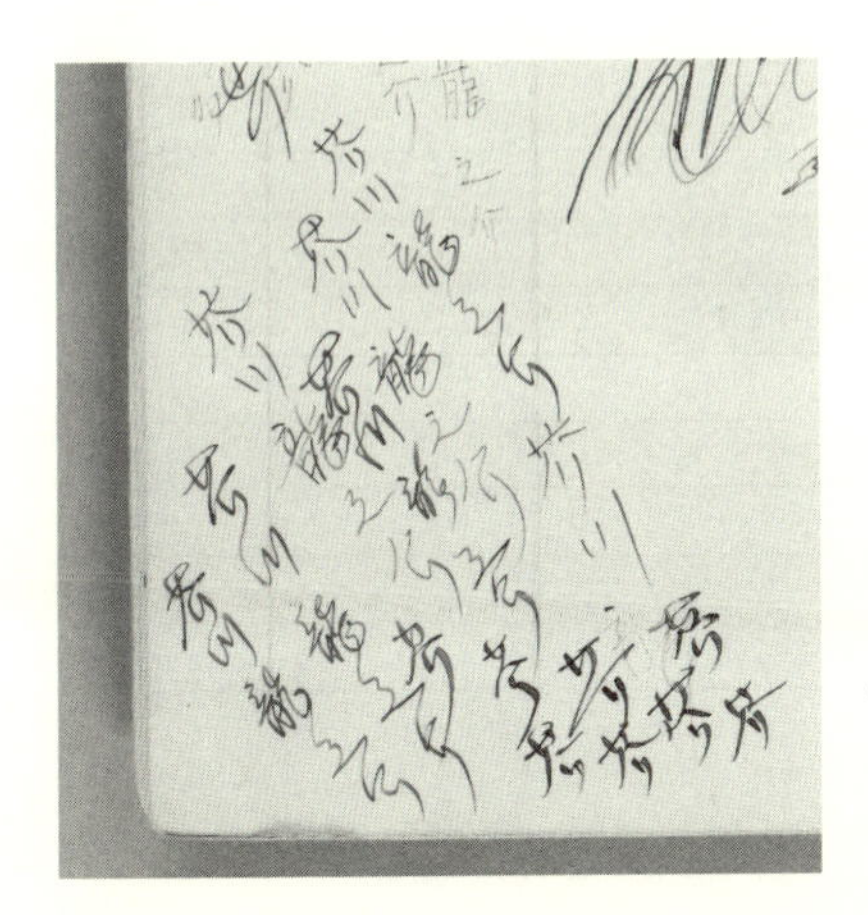

◀芥川龍之介の名前がひたすら
書き込まれた学生時代のノート。
（所蔵・提供）日本近代文学館

▲太宰治・旧制弘高時代ノート「修身」
実は絵も結構上手かった太宰。芥川にも太宰自身にも見える男性の絵が多め。
（所蔵・提供）弘前大学附属図書館

芥川賞がどうしても欲しいのに、もらえない太宰治。選考委員の川端康成に、「小鳥と歌い、舞踏を踊るのがそんなに高尚か。刺す」

1935年、25歳の時に書いた短編『逆行』で第1回芥川賞の候補に選ばれた太宰。選考委員だった作家の佐藤春夫が「なんかおもしろい奴がいる」と太宰の才能に注目し、推薦したのがきっかけでした。

芥川龍之介が大好きすぎてどうしても芥川賞が欲しかった太宰は、このノミネートに大喜び。大喜びしすぎて「命うれしくといふ言葉がふいと浮んで来ました」「うつかり気をゆるめたらバンザイが口から出さうで、たまらないのです」と、抑え切れない素直な喜びの気持ちを綴った手紙を佐藤に送ります。

しかし、ここで佐藤と同じく選考委員だった川端康成が物申します。

「才能は感じるけど……。太宰は私生活に問題がある」

当時の太宰は自殺未遂を起こしたり、薬物中毒だったりとなにかと世間を騒がせていたため、この川端の言葉に他の選考委員たちも「んー、たしかにそうかも」と納得。

結局芥川賞を獲らせてもらえないうえに、人格否定までされて怒り狂う太宰は、『川端康成へ』と題して「自分の周りの友人はみんな面白いと言ってくれてるし！」「井伏鱒二先生も面白かったたって言ってるし！」「川端康成は大悪党！」「小鳥と歌い、舞踏を踊るのがそんなに高尚か。刺す」とひたすら反論。

その後の芥川賞でも懲りずに賞を欲しがり続ける太宰は、今度は佐藤春夫に手紙を送りつける。その長さはなんと全長4メートルにもおよび「芥川賞くださいお願いします！先生お願いします！　私の命は先生にかかってます、お願いします！」とひたすら芥川賞を懇願する内容。

しかし、その甲斐むなしく作品は候補にすら残らず。

これに対して太宰は「佐藤春夫！　裏切者！」と、逆恨み。

短編『創生記』では「佐藤先生。『お前の作品が賞獲るの、ほぼ決まってるよ』って言ってくれてましたよね～？」と、恨みを込めて会話の内容を暴露します。

対して佐藤は、『芥川賞―憤怒こそ愛の極点』に「そんなこと言ってないし、妄想やめて……」と反論。お互い直接言えばいいのに、いちいち書き物にしてしまうふたり。

その後も本を出しては川端康成に「これ読んでください。そして芥川賞ください」と手紙を送りつけたりと、ひたすらロビー活動を続けた太宰でしたが、結局1度も芥川賞を獲ることはできなかったのでした。

（出典）太宰治『川端康成へ』『創生記』
佐藤春夫『或る文学青年像』

太宰治は、借金のかたに友人を人質に取られた経験をもとに『走れメロス』を書いたが、実際は全然走っていないどころか、友人を見捨てた。

太宰が執筆のために、熱海の旅館にこもっていた時のこと。遊びすぎて宿泊費が払えなくなった太宰は、奥さんに「金を用意してくれ」と連絡する。頼まれた奥さんは、太宰の親友でもある作家の檀一雄に、熱海にいる太宰に持っていってくれるようにとお金を託します。

熱海に到着した檀一雄に、太宰が一言。

「……飲みに行こう」

奥さんに持たされたお金をすべて飲み明かして使ってしまうふたり。旅館の宿代はまだ払えていない。

太宰「じゃあ今度は菊池寛に金を借りてくる」

番頭「そのまま逃げる気じゃ？」

太宰「じゃあ人質を置いていく」

檀「……え？」

檀一雄を人質に残して、ひとり東京に戻る太宰。

太宰はこの時の経験をもとに『走れメロス』を書いたのではなかろうか、とのちに檀一雄は述懐しているが、太宰はメロスが親友・セリヌンティウスのために走ったようには走らなかったし、なんなら熱海に戻らなかった。

待てど暮らせど戻ってくる気配のない太宰に苛立ち、なんとか番頭を説き伏せて東京に戻った檀一雄。怒り心頭で太宰を探し回る。

とうとう太宰を見つけ出した檀。そこで見たのは、井伏鱒二の家でのんびり将棋を指している太宰の姿。

「あんまりじゃないか！」と荒ぶる檀に、太宰は一言こう言い放ったのでした。

「待つ身が辛いかね、待たせる身が辛いかね」

（出典）檀一雄『小説　太宰治』

【檀一雄(だんかずお)】

（1912～1976）

プロフィール

職業：小説家
本名：檀一雄
出身地：山梨県
好きな文豪：太宰治・坂口安吾
趣味：放浪・クッキング

放浪と料理が大好きな〝文壇の良心〟

高校生の頃から、同人誌を制作し小説や詩を発表し始め、「酒を飲ましてくれたから」という理由で、佐藤春夫に弟子入りする。

大学時代に知り合った太宰治とは大親友であり、最大にして唯一無二の理解者。

普段は穏やかで優しいが、〝太宰の腰巾着〟と揶揄(やゆ)してきた相手を殴ったり、酔って絡んでくる中原中也を投げ飛ばしたりと、怒るとけっこう怖い。

放浪癖があり、突然ポルトガルに1年以上滞在してみたり、ロシア人と暮らしてみたり、南氷洋捕鯨船に乗り込んだりした。

第24回直木賞受賞作家。

女優・檀ふみのお父さんである。

代表作

『火宅（かたく）の人』（1975）

当時不倫関係にあった女優・入江杏子との生活や破局をもとに描いた、檀一雄の代表作。主人公は小説家で、料理好き、放浪癖があり、その名は「桂一雄」と、檀一雄そのまんま。完成までに20年。最後の方は筆が持てなくて口述筆記で完成させ、遺作となった。

『檀流クッキング』（1970）

まだ男性が台所に立つことが珍しかった当時、料理が大好きすぎて出してしまった料理本。タイトルかわいい。

細かい分量などはお構いなしで、「塩？　好きなように投げ込みたまえ」とか「猛烈な強火にイカを放り込んで、かきまぜれば終わり」とか、豪快だけど、とにかく美味しそう。

『小説　太宰治』（1949）

太宰治の死後に書かれた、太宰を中心とする多くの作家との交流を描いた作品。「あくまで小説ですから」と言い張っているが、書かれている内容はほとんど事実。

檀一雄は酔っぱらって、太宰治と心中しようとしたことがある。

太宰治のアパートでしこたま飲んでいた、檀一雄と太宰のふたり。酔っぱらった太宰が「一緒に死のう。今」と言い出し、同じくぐでんぐでんに酔っぱらっていた檀は「おー、死のう死のう!」と応える。

太宰「どんな心中自殺がかっこいいかな?」

檀「んー、ここはやっぱ溺死じゃない?」

太宰「この時期寒いから、溺死はいやだなー。やっぱガスでしょ?」

「それだ!」とガス栓を全開にして、ふたりで布団に潜り込んでいるうちに太宰は熟睡。すんでのところで我に返った檀は、そっとガス栓を閉じて家に帰ったのでした。

(出典)檀一雄『小説 太宰治』

料理大好きな檀一雄は、「馬肉を食べたことがない」という客人を喜ばせたくて、長野県まで馬肉を買いに行った。

9歳の頃に母親が家出して以来、幼い妹3人の面倒を見るために、朝晩の食事の支度をしてきた檀一雄。

いつのまにやら料理の腕前はプロ級にまでなり、〝文壇イチの料理人〟とも称されるほどになっていた。

ある時、家に遊びに来た客人が「馬肉って食べたことないんだよね～。うまいの？」と言うと、檀一雄は「ふふふ。馬肉かね。ちょっと待っていなさい」と、買い出しに出かけていく。

ところが、出かけたっきりまったく帰ってこず、3～4日経過。その間客人放置。

「馬肉求めていったいどこまで？　怖いんだけど……」とみんなが心配していたところ、

「ただいまぁ！」と、ついに檀が帰ってきた。

「近所にいい馬肉がなくてさ～、長野県まで行ってきた～！」と、料理好きと放浪癖の洗礼を同時に撃ち出してくる檀一雄なのでありました。

【坂口安吾(さかぐちあんご)】

(1906〜1955)

プロフィール

職業：小説家
本名：坂口炳五(へいご)
出身地：新潟県
好きな文豪：石川啄木
趣味：酒・ギャンブル

汚すぎる書斎も有名な、『堕落論』の体現者

新潟県出身。

純文学、エッセイ、推理小説、歴史小説と幅広く手がける小説家。

学生時代、石川啄木を好んで読んでいた坂口は〝落伍者〟に憧れ「余は偉大なる落伍者となっていつの日か歴史の中によみがえるであろう！」と、なにやら壮大な言葉を書き残し、流行作家になってもひたすら堕落した生活を続け、酒を浴びるように飲み、薬に溺れ前後不覚になっては暴れるような毎日だった。

檀一雄曰く「安吾さんは乱暴狼藉(ろうぜき)。安吾さんが暴れ出したら、ぼんやり見てるよりしょうがない(笑)。この前なんて血だらけになって犬と大格闘してたし」。

代表作

『堕落論』（1946）

「生きよ、堕ちよ」の一節で有名な評論。

戦争に負けたことで、価値観が正反対になった日本について「今までの清く気高くってのが土台無理あったよね。人間なんて堕落していくもんさ」と優しく諭す。

『不良少年とキリスト』（1948）

自殺した太宰治への届かないお説教。

太宰の自死を痛烈に批判しつつ「死ぬなんていつでもできる。いつでもできることを、偉そうにやってんじゃねぇ！」と溢れる太宰愛は隠し切れていない。

『不連続殺人事件』（1948）

「およそ日本で読める推理小説は全部読んだ」と豪語する坂口安吾が書いた推理小説。

トリックに自信のあった坂口は「犯人当てられた人には俺の原稿料あげるよ！　まぁ無理だろうけど」と懸賞金までかけたが、４人の読者に当てられてしまった。

坂口安吾は文壇の先輩方を批判しまくっていたら、決闘を申し込まれたことがある。

「権威あるもの大嫌い！」でお馴染みの坂口は、当たり前のように文壇の大御所にも噛みつきます。

いつものように、徳田秋声（しゅうせい）という先輩作家を、「小学生以下の文章力かよ。行間に心理のあやもなにもないんだけど！」と、こてんぱんに批判した文芸評論を発表したところ、徳田秋声の文壇仲間だった尾崎士郎が「先輩に対する礼を知らん奴だ！」と坂口に決闘を申し込んできた。

坂口はおもしろがってこれを快諾。

いざ決闘の当日。帝大の御殿山で対峙（たいじ）するふたり。

坂口「とりあえずさぁ。飲もうぜ」

なぜか飲みに行くことになり、上野から浅草、吉原と移動しては飲み、翌日の昼まで飲み続けた結果、いつの間にかふたりは大の親友に。

（出典）坂口安吾『私は誰？』

突然カレーライスを100人前注文した坂口安吾。

檀一雄の家に夫婦で居候していた坂口安吾は、睡眠薬を山ほど飲んで意識朦朧（もうろう）とする中、なにを思ったかカレーライスを100人前も注文した。

次から次へと運ばれてくるカレーライスが、縁側にズラリと並んでいくのを眺める坂口夫人と檀一家。そんな中、どかっと座ってカレーライスを食べ始める坂口。

仕方がないので坂口夫人も食べ始め、それを見て檀一雄も食べ始め、さらに檀の家族も食べ始め、たまたま居合わせた編集者たちも黙々とカレーライスを食べるという謎の光景が繰り広げられたのでした。

（出典）坂口三千代『クラクラ日記』
檀一雄『小説　坂口安吾』

【志賀直哉(しがなおや)】

(1883 ～ 1971)

プロフィール

職業：小説家・詩人
本名：志賀直哉
生まれ：宮城県
好きな文豪：武者小路実篤
好きな物：自転車・ペット

動物大好きな〝小説の神様〟

父親は明治期の財界人という裕福な家庭に生まれる。

早世した兄がいたが、兄の死の原因は母親にあると考える祖父母により、母親から引き離されて育つ。

学習院中等科時代に仲間と文学結社を設立し、その会誌に和歌などを発表したのが初の文筆活動になる。この頃出会った武者小路実篤とともに、同人誌「白樺」を立ち上げた。

芥川龍之介が「自分の創作上の理想」と呼ぶなど、多くの作家から高い評価を獲得し、〝小説の神様〟と呼ばれた。

大の動物好きで、犬、猫、狸(たぬき)、羊、猿、兎、山羊、熊、亀、文鳥、アヒル、七面鳥、鶏、鳩、カラスなどを飼ったことがある。

代表作

『暗夜行路』（1921〜1937）

祖父と母の不義の子として生まれた主人公の苛酷な運命と、自らの強い意志で幸福をつかもうとする姿を描く。夏目漱石からの紹介で「朝日新聞」に連載するも、毎回、山場を持たせるという連載小説特有の書き方に嫌気がさし中断。その後も掲載紙を変えながら事あるごとに中断を繰り返し、完結まで17年かかった、志賀直哉唯一の長編小説。

『城の崎にて』（1917）

酔って線路のわきを歩いているところを山手線に跳ね飛ばされ重傷を負い、その療養のために城崎温泉で過ごした経験をもとに書かれた短編小説。

『和解』（1918）

志賀家の女中に手を出してめちゃくちゃ怒られて以来、父親と仲の悪かった志賀直哉。志賀自身を主人公・順吉に置き換えて、父親と和解していく経過を辿る私小説。「10年近く不仲だった父との和解が嬉しすぎて、一気に書き上げちゃった」という作品。

志賀直哉、芥川龍之介の人生相談に答えるも、まったく参考にならない。

自分の家族のみならず姉の家族やその義父家族まで養っていた芥川龍之介は、ある時スランプに陥って書けなくなり、過去に数年間なにも書かない時期のあった志賀直哉に相談してみることに。

「どうしても書けない時、先生はどうやって克服されたんですか？」と聞く芥川に対して、

「そういう時期は誰にでもあるからね〜。いちいち真に受けなくていいんじゃない？　冬眠してるような気持ちで、1年でも2年でも書かなきゃいいじゃん？」と答えた志賀。

芥川「いや、それあんた金持ちだからでしょ！」

（出典）志賀直哉『沓掛にて〜芥川君のこと〜』

「骨董品買ってくる」と言って出かけて、犬を買って帰ってきた志賀直哉。

犬以外にも猫や狸、羊や猿や兎と、さまざまな生き物を飼った志賀の動物好きは文壇でも有名で、交流のあった谷崎潤一郎も志賀にグレーハウンドを贈ったりしました。

ある時「骨董品を買いに行ってくる」と言って出かけた志賀。目当ての品は見つからず、なんとなく立ち寄った三越デパートのペットコーナーで、「この犬、娘たちが欲しがっていたやつ！」と、テリアを衝動買い。「みんな喜ぶぞ〜！」と意気揚々と家に帰る志賀だったが、すでに3匹の犬の世話をさせられている奥さんに「これ以上犬が増えたら困りますので、もう骨董品を買いに行かないでください」と嫌味を言われた。

（出典）志賀直哉『万暦赤絵』

お金持ちだった志賀直哉、約３００万円の超高級品だった自転車を乗り回す。

当時まだ国産の自転車は数少なく、ほとんどが米英からの輸入品だった時代。

志賀は13歳の頃、10円あれば1カ月暮らせた時代に１６０円もする自転車を祖父にせがんで買ってもらい、それ以来「学校の往復はもとより、友達を訪ねるにも、買い物に行くにも、いつも自転車に乗って行かないことはなかった」と、どこに行くにも自転車に乗り、時には千葉や横浜まで遠乗りしたこともあった。

たまに自転車に乗った人に出会うと、引き返して無言で競争を挑み、競争に飽きると今度は曲乗りの練習をする。

そんな、自転車に相当自信のあった志賀は、自分がいかに優れた自転車乗りかを友人に見せたくて、後ろ向きに自転車に乗り、「どうだ！」と言わんばかりに手を振りながら坂道を下って田んぼに消えていった。

（出典）志賀直哉『自転車』

後ろ向きでも
乗れるんだぜ!
スゴイだろ〜〜!
たた、
んぼ!
↖志賀直哉13才

【中原中也】

（1907～1937）

プロフィール

職業：詩人
本名：中原中也
出身地：山口県
好きな文豪：宮沢賢治
趣味：酒・酒・酒

詩人にして酒乱

1907年、山口県出身。代々開業医である名家の長男として生まれる。跡取りとして医者になることを期待され、小学校時代は成績優秀で神童と呼ばれるも、中学に上がると読書三昧で成績はどん底に。「学校なんて1週間でできることを1年かけてするところ」と言い放つも、結局勉強はせず。

若くして詩才を現し、15歳で友人との共同歌集『末黒野』を出す。

上京してからは、酒を飲んでは暴れて「汚れつちまつた悲しみに……」と詠む毎日。

誰彼構わず喧嘩を売るので、「中原が通うバーは潰れる」と噂され、実際潰れている。

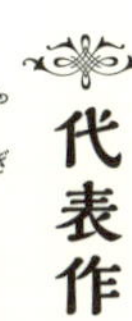

代表作

『山羊（やぎ）の歌』（1934）

あまりに有名な「汚れつちまつた悲しみに……」を含む44作の詩を収めた、中原中也の処女作品集であり存命中に出版した唯一の自選詩集。好きな女の子に向けた詩、多め。

『ランボオ詩集』（1937）

アルチュール・ランボオの詩を愛してやまなかった中原中也が、自らの詩人としての嗅覚を頼りにランボオの詩を読み解き、訳し上げた訳詩集。

当時の詩壇の大御所だった萩原朔太郎も絶賛した。

『在（あ）りし日の歌』（1938）

『山羊の歌』の好評を得て企画された、中原中也自選の第2詩集。

編集、清書のすべてを終えたあと、中也は親しい友人である小林秀雄に原稿を託して亡くなってしまい、本書を手に取ることはなかった。

酔っぱらった中原中也。坂口安吾に喧嘩を売るも相手にされず。

ある店で坂口安吾が飲んでいると、そこに酔っぱらった中原中也が現れた。

この店には中也のお気に入りの女性がいたが、その女性が坂口に惚れていると知って、嫉妬した中也は坂口に「ヤイ！　アンゴ！」と、喧嘩をしかけた。

しかし、体格の小さい中也は大柄な坂口を恐れたのか、1メートルくらい離れたところで、やたらといいフットワークを見せながら左右のストレートを繰り出し、時にスウィングやアッパーカットを閃(ひらめ)かせるだけ。

一向に近づいてこないでわめき散らすだけの中也に坂口は大笑い。

狐につままれたような顔をしている中也に「一緒に飲もうぜ」と坂口。

中也は「どうせあんたは偉いよ」とかブツブツ言いながらふたりで飲み、その後、超仲良しに。

（出典）坂口安吾『酒のあとさき』

酔っぱらった中原中也。檀一雄に喧嘩を売るもきれいに投げ飛ばされる。

太宰と檀と中也の3人で飲んでいた時のこと。いつものように絡んでくる中也にうんざりした太宰は家に逃げ帰ってしまう。

絡み足りない中也は檀の制止を振り切って、太宰の家まで押しかけて、

「起きろ！　ばーか、ばーか！」

と、太宰の枕元でわめき散らす。そして、なにも言い返すことができず布団の中で怯えている太宰。

見かねた檀に外まで引きずり出された中也は今度はその檀にも食ってかかり、最終的に、怒った檀にきれいに投げ飛ばされたのでした。

（出典）檀一雄『小説　太宰治』

【宮沢賢治（みやざわけんじ）】

（1896～1933）

プロフィール

職業：教師→詩人・童話作家
本名：宮沢賢治
出身地：岩手県
好きな文豪：石川啄木
趣味：レコード鑑賞

生前は評価されなかった、天才童話作家

1896年、岩手県で質屋を営む裕福な家に生まれる。

小学校の頃から多くの童話や民話に触れ、中学生の頃からは石川啄木の影響を受けて詩を作るようになる。

18歳の時に猛勉強して盛岡高等農林学校に首席で入学。

この頃から、文学への関心がより高まり、同人誌で詩や小説を発表していく。

卒業後は、教師として働きながら詩や童話を書き続けた。

有名な「雨ニモマケズ」は、賢治が亡くなる2年前の病床にて、手帳にメモ書きされたものである。

代表作

『春と修羅』（1924）

唯一、賢治が生前に自費出版した詩集で、当時の人々の目にほとんどとまることはなく、実際に売れたのは100部ほどだった。詩人・草野心平に、「日本詩壇の天才」と言わしめた詩集。

『銀河鉄道の夜』（1934）

孤独な少年が友人と銀河鉄道に乗り、旅をする物語で、賢治の宗教観や人間を取り巻くすべてが壮大なスケールで描かれる。

1924年頃から執筆され、晩年の1931年頃まで何度も推敲されて、1933年の賢治の死後、草稿の形で遺された。

ベジタリアンになろうとした宮沢賢治、「今日も誘惑に負けてしまいました」報告を友人に送りつける。

18歳の時に法華経の説話を読んで深い感銘を受けて以来、熱心に法華経を信仰していた宮沢賢治は「動物食べるのつらい。動物食べるのかわいそう」と思うようになった。そして、21歳の時に友人に宛てた手紙で「今年の春から動物食べるのやめます!」とベジタリアン宣言。

『ビジテリアン大祭』と題した童話まで書いた賢治は、それから5年間菜食生活を続けたが、ついつい肉食の誘惑に負けてしまい「今日私はマグロを数切れ食べてしまいました」とか「今日は豚肉と茶碗蒸しを食べました」とか、「今日は塩鱈(しおだら)の干物を(以下略)」など、特に送る必要もない「今日も誘惑に負けてしまいました」報告を友人に送り続けた。

(出典)保阪嘉内への書簡
関徳弥への書簡

宮沢賢治、いかがわしい本を見つけられた時の言い訳が中学生。

宮沢賢治は友人に「性欲はね、人をダメにするよ！　仕事の邪魔！」とか言うくせに、実は春画のコレクターで、積めば高さ30センチメートルになるほど集めていた。

さらに、その過激な内容ゆえ原書が発行されたイギリスでは発売禁止処分となった『性の心理』という翻訳本をなんとか入手し、伏せ字になっていた部分が気になりすぎて、わざわざ仙台の本屋まで行って原書を読んで確かめる、という熱心ぶり。

この本を友人に見つかった賢治は、

「いや違うし！　子供たちが間違いを起こさないように教えたいと思って買っただけだし！」

「こんなの大人の童話みたいなもので、全然たいしたことないし！」

「てか、誰かを傷つけるわけでもないし！　別に悪いことしてないし！」

と、ひたすら中学生みたいな言い訳をした。

コラム

「時に喧嘩し、時に愛した、太宰治をめぐる作家たち」

「無頼派」とは、第二次世界大戦後の日本で「権威とか大嫌い！　道徳とかも大嫌い！」といった言動を繰り返し、戦中戦後の抑圧された人々に支持された作家たちのことで、彼らは白樺派やアララギ派のように共通の同人雑誌があるわけではなく、それぞれ独立した作家として文学界に登場しました。

「権威への反逆精神」「世の中への厳しい批判」「感性の鋭敏さ」など、共通の特徴から一括りに「無頼派」と呼ばれるようになった彼らですが、実生活があまりに放蕩無頼だったことも大きな特徴でした。

太宰治、坂口安吾、檀一雄は、その「無頼派」と呼ばれた作家たちでしたが、この「無頼派」という言葉自体を最初に使ったのは、井伏鱒二に宛てた書簡の中に「私は無頼派ですから……」と書いた太宰治だと言われています。

太宰は特に反権力傾向の強い作家でした。

ある時、太宰は当時の文壇の先輩である志賀直哉に「年の若い人には好いだろうが僕は嫌いだ。とぼけて居るね。あのポーズが好きになれない」「大衆小説の蕪雑さがある」と批判されたことがありました。

志賀直哉といえば〝小説の神様〟と呼ばれた当時の文壇の大御所。その志賀に名指しで批判された太宰は、自身のエッセイ『如是我聞』の中で志賀のことを「或る老大家」として、「自分だけが偉いと思ってる権力者！」「このアマチュア！」「てか、もう！　無神経！」と猛烈に反論（というか、ただの悪口）し、「なんか八つ当たりみたいな文章になっちゃったけど！　これ本音なんで！」と書き、「あとさ、あんたさ、芥川の苦悩がまるでわかってないよ」と急に自分の大好きな芥川龍之介の話をし出すのでした。

そんな太宰治と檀一雄は盟友と言っていいほどの仲で、毎日のように飲み歩いていた大親友。時に太宰が泣き言を言えば「お前は天才だ」と褒めてやり、時に太宰が女性関係で揉めていると「お前が悪い」とたしなめてやり、時に中原中也に絡まれて泣いている太宰を助けてやったりもしたのが檀一雄でした。にもかかわらず、頼まれて熱海までお金を持って行ったら、人質として置き去りにされる『走れメロス』事件に遭ったのもまた、檀一雄なのでした。

太宰が入水自殺した時は、ほとんどの人間が「どうせまた狂言だろう」と信じなかった中、ともに狂騒的な青春を送り、太宰のすべてを知る檀だけは「今回は駄目だ」と言い、口を閉ざし、葬儀にも参列せず、胸に残る数々の断片を回想するように『小説　太宰治』を書いたのでした。

坂口安吾は、時代物や推理小説で人気を博した流行作家でしたが、入ってくる原稿料はすぐに飲み代に使ってしまう大の酒好き。加えて、お酒と一緒に睡眠薬も服用するため、いつも酩酊（めいてい）状態。酔って大暴れして留置所に放り込まれ、釈放されたその日に長男が生まれたことを知るなど、その私生活は滅茶苦茶でした。

そんな坂口と太宰は、１９３４年４月の『鷭』創刊号にふたりの作品が同時に掲載された頃から意識し合い、また、お互いを評価していました。

太宰が入水自殺すると、坂口のもとに新聞や雑誌の記者が殺到しましたが、坂口は「太宰のことは語りたくない」と手紙を残して行方をくらまします。しかしこの行動は「太宰の自殺は狂言で、坂口が匿（かくま）っているのでは？」といった誤解を生んでしまいます。その誤解に憤慨する坂口でしたが、盟友を失った悲しみに言葉が出ず「それが本当であったら、大いに、よかった」とだけ述べたのでした。

そして、太宰、坂口、檀に、いつも酔っぱらっては絡んでいたのが中原中也でした。

特に太宰への絡みは執拗で、ある時酔っぱらった中也が太宰に「お前の好きな花はなんだ?」と聞き、「え? なに、急に怖い……」と、もごもごしている太宰に「だーかーらー、お前の好きな花はなんだって聞いてんだわ」とさらに詰め寄る。「なんか答えなきゃ!」と小さい声で「モモノハナ……」と答えた太宰に「はぁつまらん! だからお前はダメなんだ!」と中也。さらに半泣きになっている太宰に向かって「青鯖(あおさば)が空に浮かんだような顔しやがって」と、よくわからない詩人ならではのセンスで罵倒する始末。

それでも太宰は中也の詩人としての才能を認めていて、師匠の井伏鱒二に「中原中也とは関わるな」と言われてもこっそりと交友を続けており、飲みに行っては絡まれるのでした。

そして中也が30歳の若さで亡くなった時、太宰は檀に「死んでみると、中原はやっぱり天才だったよね。段違いだ」とつぶやいたのでした。

その中也が心底惚れていた詩人が宮沢賢治でした。

まったく無名だった賢治が28歳の時に出した詩集『春と修羅』は、ほとんど売れませんでしたが、夜店で売られていたこの本をたまたま手に取った中也は、賢治のその才能に打ちのめされ、『春と修羅』を買い漁(あさ)っては知人に配って回っていました。中也は「友人たちに、機会のあるごとに宮沢賢治の素晴らしさを伝えてるんだけど、俺自身が無名すぎて全然伝わらない！　くやしい！」と嘆きます。

賢治は仏教信仰や岩手の大自然の中で育った影響から、人と動物や植物、風や雲や光、星や太陽といった森羅万象が交ざり合うような不思議な宇宙観を作り出しましたが、37歳で亡くなる最期まで評価されることはありませんでした。作品も評価されず、急性肺炎で倒れ、死期を悟った賢治は、ひっそりと手帳に「雨ニモマケズ……」と記します。

詩であったのか、日記であったのかも、定かではないこの文章は賢治の死後に発見され、有志によって発表されることにより、日本で最も有名な作品のひとつとなったのでした。

（出典）太宰治『如是我聞』
檀一雄『小説　太宰治』
坂口安吾『不良少年とキリスト』

第二章

夏目漱石一門と猫好きな文豪たち

夏目漱石
芥川龍之介
室生犀星
正岡子規
内田百閒

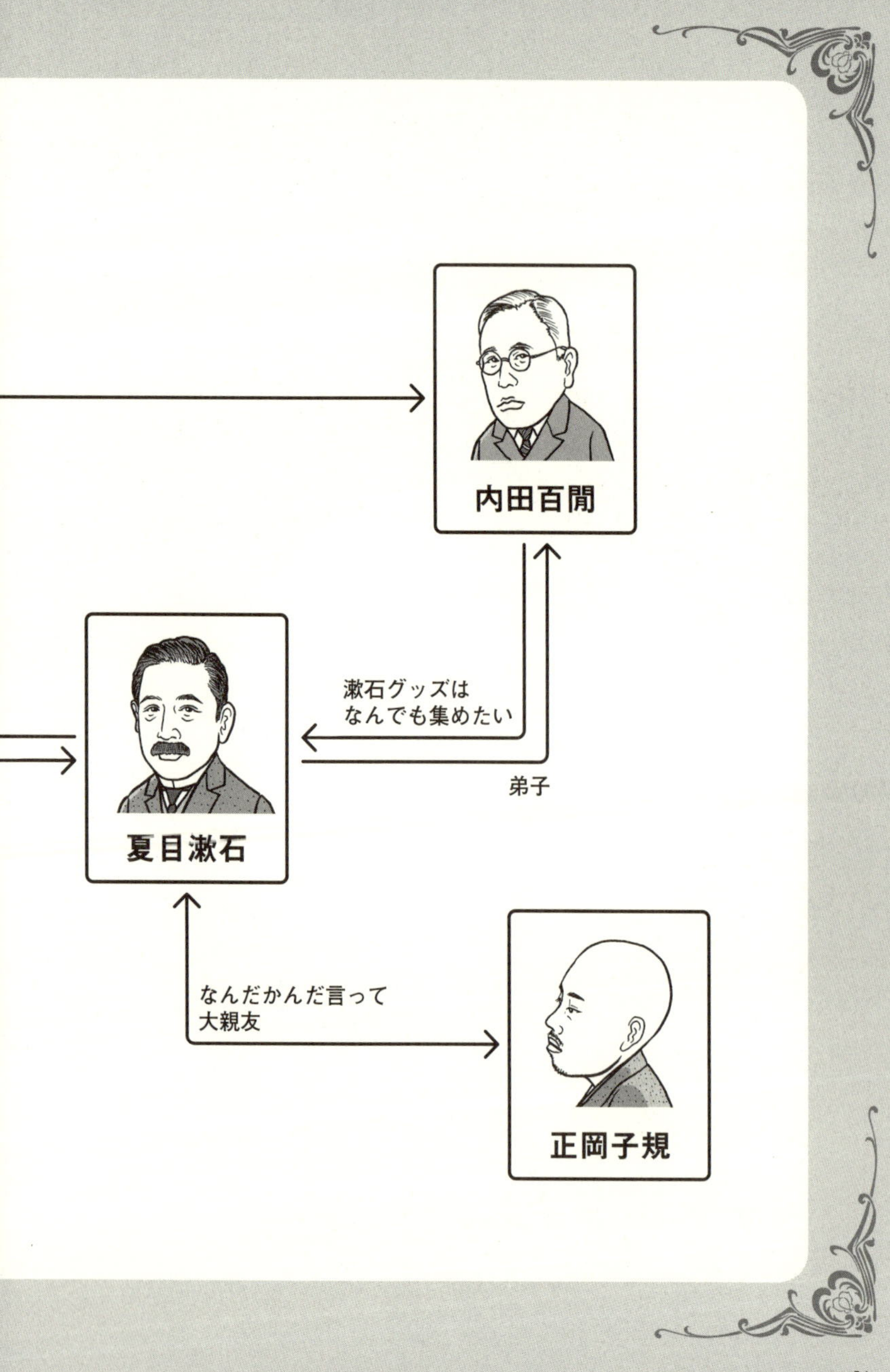
内田百閒
漱石グッズは
なんでも集めたい
弟子
夏目漱石
なんだかんだ言って
大親友
正岡子規

【第二章　相関図】

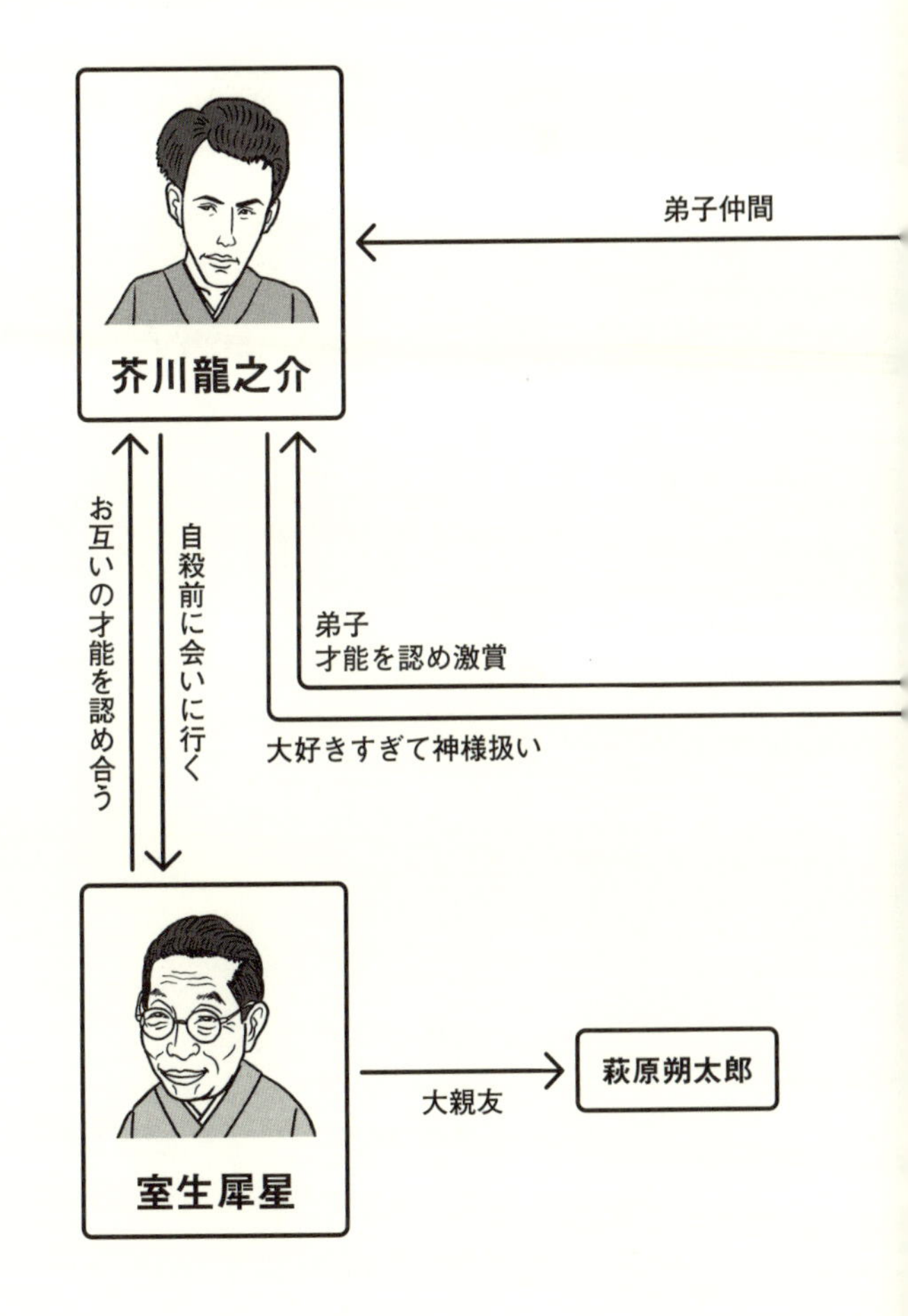
芥川龍之介
弟子仲間
お互いの才能を認め合う
自殺前に会いに行く
弟子
才能を認め激賞
大好きすぎて神様扱い
室生犀星
大親友
萩原朔太郎

【夏目漱石（なつめそうせき）】

（1867～1916）

プロフィール

職業：教師↓小説家
本名：夏目金之助
出身地：東京都
好きな文豪：正岡子規
趣味：甘いもの

メンタル弱めな日本一の文豪

裕福だった生家が明治維新の混乱で没落し、里子や養子に出されたり、また実家に戻されたりし、学校も転々としていた。

大学卒業後は英語教師の職に就き、その後イギリスへ留学するも、現地でカタコトの英語を笑われ、病んで一時引きこもりになる。

帰国後は大学講師になるも、前任の小泉八雲の講義があまりに好評すぎたため、学生たちからの「なんか新しい先生の講義つまんなくね？」みたいな空気に耐えられず、またまた神経衰弱に。

その後「気晴らしに小説でも書けば？」と友人に言われて書いた『吾輩は猫である』がヒットして作家デビュー。

代表作

『我輩は猫である』（1905）

「吾輩は猫である。名前はまだ無い」の冒頭があまりに有名な、漱石の処女作。

猫目線で人間世界を描く、元祖・日常系。

主人公の猫は、漱石の家に迷い込んだまま居座った野良猫がモデルで、この猫にも名前はなく、漱石は「ねこ」と呼んでいた。

この猫が死んだ時には、漱石は友人知人に死亡通知を出すほどに悲しんだ。

『こころ』（1914）

鎌倉の海岸で出会った主人公と、不思議な魅力を持つ「先生」と呼ばれる男。

やがてある日、私のもとに分厚い手紙が届いた時、「先生」はもはやこの世の人ではなかった。遺された手紙から明らかになる、「先生」の人生の悲劇。

漱石晩年の傑作で、日本で最も売れている小説。

夏目漱石は甘いものが好きすぎて、1日でジャムを1瓶食べたり、自宅にアイスクリーム製造機を設置したりしていた。

自身の作品にも、団子やら羊羹(ようかん)やらの甘味がたびたび登場する夏目漱石は大の甘党で、執筆中は常に手元に甘いものを置いていた。

その甘いもの好きはなかなかにすさまじく、大好きなジャムは瓶のまま舐める。「体に悪いから」と医者にとめられてもやめられず、1日で1瓶空けたこともあるほどであった。また、当時珍しかったアイスクリーム製造機を取り寄せて、漱石自らアイスクリームを作り、家族にふるまったりもしていた。

胃潰瘍になっても甘いものをやめないので、奥さんが甘いものをどこかに隠すと、娘を使って捜させる漱石。その結果、ある日とうとう吐血してしまう。

漱石はこの時のエピソードについて「血吐いたんで医者を呼んだら、糖尿病だって。こいつは参ったね」みたいな手紙を友人に出しており、糖尿病を患ってもなお甘いものを食べたがった漱石の甘党ぶりがうかがい知れる。

〈出典〉菅虎雄への書簡

米が稲になることを知らなかった夏目漱石。

英文学者としても教育者としても名高かった夏目漱石だったが、なんと米が稲になることを知らなかった。

「リンゴやミカンのように木になるんじゃないの？　え？　違うの？」みたいな話をして、一緒にいた正岡子規は思わず絶句。

のちに弟子の芥川龍之介がこのことについて漱石に聞くと、

「稲は知ってたし、米も知ってたし。米が稲になるのを知らなかっただけだし」

と、よくわからない言い訳をした。

（出典）正岡子規『墨汁一滴』

夏目漱石、汚い部屋を見られたくなくて、アメリカ人女性の来訪を断る。

アメリカ人のある女性から漱石宛てに「今度日本に行くので、書斎に遊びに行ってもいいですか？」という手紙が届いた。

なんでもそのアメリカ人女性は、日本の文学や詩に興味を持っているらしく、ぜひ漱石の書斎を見学させてほしいとのこと。

これに対して漱石は「え？　うそ？　アメリカ人から手紙来た！」「とうとう自分も海外にまでファンができたか！」と喜んだが、少し考えてから、丁寧な英語で「断る」と返事。

のちに芥川龍之介に、この来訪を断った理由について聞かれると、「だって、こんな狭くて汚いとこで書いているって、アメリカの人に思われたくないじゃん」と答えたのであった。

（出典）芥川龍之介『漱石先生の話』

猫だけでなく犬も飼っていた夏目漱石だったが……。

漱石の家には何度か泥棒が入ったことがあったため、番犬を飼うことになった。

しかしこの犬、通行人に吠えまくったりとなにかと素行が悪い。

そしてある日、とうとう近所の人に噛みついてしまい、警察沙汰に。

この犬をかわいがっていた漱石は、

「うちの犬は利口ですから。怪しい奴にしか吠えないし、家の者や人相のいい人には吠えない。噛みつかれたりするのは人相の悪い奴か、敵意を持っている奴。犬ばかりを責めるわけにはいかない」

と反論し、警察官に「犬を出せ」と言われても頑として譲らなかった。

しかし後日、夜遅くに帰宅した際に、この犬に吠えられた挙句に噛みつかれ、服もぼろぼろにされた漱石は、この犬をそっとよその家へ譲った。

（出典）松岡譲『漱石の思い出』

【芥川龍之介(あくたがわりゅうのすけ)】

(1892 ~ 1927)

プロフィール

職業：小説家
本名：芥川龍之介
出身地：東京都
好きな文豪：夏目漱石
趣味：タバコ（1日80本）

かなりナンパなスーパースター

1892年、東京生まれ。

母親が病弱だったため、幼少の頃に母方の実家「芥川家」に預けられた龍之介は、母親代わりの伯母に迷惑かけまいとひたすら勉強し、東京帝国大学（現在の東京大学）へ入学。そこで出会った、菊池寛（のちに芥川賞を設立）をはじめとする仲間とともに文学活動を開始する。また、夏目漱石主宰の勉強会にも顔を出すようになる。

売れっ子作家になってからは、自分の家族だけではなく姉の家族やその義父家族まで養う羽目になるなど、意外と苦労人である。

犬は大の苦手だが、猫は好きでたびたび作品にも登場させている。

代表作

『羅生門』（1915）

天災や飢饉でさびれすさんでいた京の都。荒れはてた羅生門に運び込まれた死人の髪の毛をひきぬいている老女と、それを目撃した男の問答。

まだ無名だった芥川が大学在学中に書いた作品。

『鼻』（1916）

あごの下までぶらさがる、見苦しいほど立派な鼻を持つ僧侶が、その鼻をなんとか短くしようと悪戦苦闘するお話で「人の幸福をねたみ、不幸を笑う」人間の心理をとらえた作品。

この小説で芥川は、夏目漱石からの絶賛を受けた。

『蜘蛛（くも）の糸』（1918）

暗い地獄で天から垂れてきた蜘蛛の糸を見たカンダタは、この糸を登れば地獄から出られると考え、糸につかまって登り始めるが……。

芥川龍之介初めての児童文学作品。

意外とやんちゃだった芥川龍之介と夏目漱石、職務質問をしてきた警官をからかって困らせる。

ある時近所で火事があり、野次馬根性で見に行くことにした芥川と漱石。

その帰り道、ふたりは非常線を張っていた警察官の職務質問に遭う。

芥川と漱石は、警察官からの「どこから来た?」という簡単な質問に「家はあっちだから、あっちから来たとも言えるし、でも、火事場はこっちだから、こっちから来たとも言えるし……」などと答えていると面倒くさいヤツ認定をされ、「行ってよし！」と言われるも「署まで行きますよ！　興味あるし」みたいなことを言って、警察官を困らせ面白がったのであった。

（出典）芥川龍之介『夏目先生』

芥川龍之介が女性たちに送ったラブレター、かなり恥ずかしい。

芥川龍之介は、女性を好きになるとすぐラブレターを送りたがったのだが、その内容がなかなか恥ずかしい。

家にお手伝いさんとしてやってきた吉村千代さんへの手紙では、

「あなたは黙ってても笑ってても、僕にとっては誰よりもかわゆいのだ。一生、誰よりもかわゆいのだ。僕の自由にならなくとも、かわゆいのだ」

と、ひたすら「かわゆいのだ」を連発。

幼馴染の吉田弥生さんに送った手紙では、

「眠る前に時々東京の事や、弥ぁちゃんの事を思ひ出します……」

と哀愁たっぷりに攻めてみる。

のちの奥さんになる塚本文さんへは、

「もし文ちゃんがお菓子だったら頭から食べちゃいたい」

と、なんだかもう、見ていられない。

【室生犀星(むろうさいせい)】

（1889～1962）

プロフィール

職業：詩人・小説家
本名：室生照道(てるみち)
出身地：石川県
好きな文豪：萩原朔太郎
好きなもの：羊羹・猫

芥川龍之介も嫉妬した才能

婚外子として生まれた犀星は、生後まもなく生家近くのお寺の住職に引き取られ、養子として育てられる。

小学校を中退し金沢地方裁判所で給仕として働きながら、15歳の時に投稿した句が新聞に掲載されたのをきっかけに文人を目指す。21歳で上京し、北原白秋主宰の雑誌「朱欒(ざんぼあ)」に寄稿。萩原朔太郎と親交を持ち、ともに同人誌「感情」を発行する。

46歳で書いた『あにいもうと』が文芸懇話会賞を受賞し、芥川賞選考委員にも選ばれた。

無類の猫好きで、たくさんの猫に囲まれて暮らし、嫌いと言いながら、なんだかんだで犬も飼っていた。

代表作

『あにいもうと』（1935）

秩父連山の見える多摩川の河原に住む家族。学生との交際の果てに妊娠して捨てられた妹と、兄との複雑な愛情を描く。犀星の出世作で何度も映画化、テレビドラマ化された。

『杏っ子』（1957）

実の親の愛情を受けることなく、不遇な少年時代を過ごした主人公が、小説家になり、結婚して、子供が生まれるところまでと、成長した娘「杏子」が結婚し、最終的に離婚することになるまでを描く、犀星の自伝的小説。

『蜜のあわれ』（1959）

70歳の「おじさま」と、自分のことを「あたい」と呼ぶ赤い金魚を中心に、そこに、すでにこの世を去っている「田村のおばさま」が加わるという、会話だけで進むなんとも不思議な物語。室生犀星、最晩年の作品。

お互いの第一印象がひどかった、室生犀星と萩原朔太郎。

北原白秋の雑誌「朱欒」に詩を投稿していた室生犀星と萩原朔太郎。

朔太郎は犀星の詩を読んでファンになり、朔太郎が犀星に手紙を送ったのがきっかけで文通が始まり、そしてついに初めて会う約束をしたふたり。

詩の雰囲気から勝手に犀星のことを「非常に繊細な神経を持った青白い魚のような美少年」と想像していた朔太郎だったが、実際の犀星はガッチリした肩を四角に怒らし、ぼさぼさ頭に無精ひげ。寒いのにコートも着ないで佇(たたず)む姿を見て「なんて貧乏くさいんだ。なんか痩せた犬みたい」とショックを受ける。

一方、トルコ帽に真っ黒いコートでタバコをふかす、歯が浮くような姿の朔太郎を見て、「なんかキザだわー。虫酸(むしず)が走るわー」と思った犀星。

お互いの第一印象は最悪だったふたりでしたが、のちに大親友となるのでした。

(出典) 萩原朔太郎『詩壇に出た頃』
室生犀星『我が愛する詩人の伝記』

猫にはなにをされても怒らなかった、猫が大好きな室生犀星。

生涯に何匹もの猫を飼い、多くの作品にも猫を登場させた室生犀星。軽井沢の別荘で飼っていた猫は、避暑のためにしか訪れない犀星のことを忘れず懐くのがかわいすぎて、カメチョロと名付けて東京に連れて帰った。

普段は誰にも触らせずいつもピカピカに磨いている文机にカメチョロが乗っても怒りもせず、犀星は「仕方ないな～」と嬉しそうに言いながら磨き直すのだった。

ジイノと名付けた茶トラの猫は、火鉢に両の前足を乗せて暖を取る写真が残されているが、これはある日、火鉢の前で座っていたジイノの背中を犀星が押してやると、前足を火鉢のふちに乗せるようになったのだとか。

それ以来、ジイノはいつでも火鉢に前足を乗せて暖を取るようになり、犀星は火傷をしないようにと、火鉢の温度調整に余念がなかった。

そして「猫の毛の油が火鉢について掃除が大変だわ～」と嬉しそうに言いながら火鉢を磨く犀星であった。

【正岡子規(まさおかしき)】

（1867〜1902）

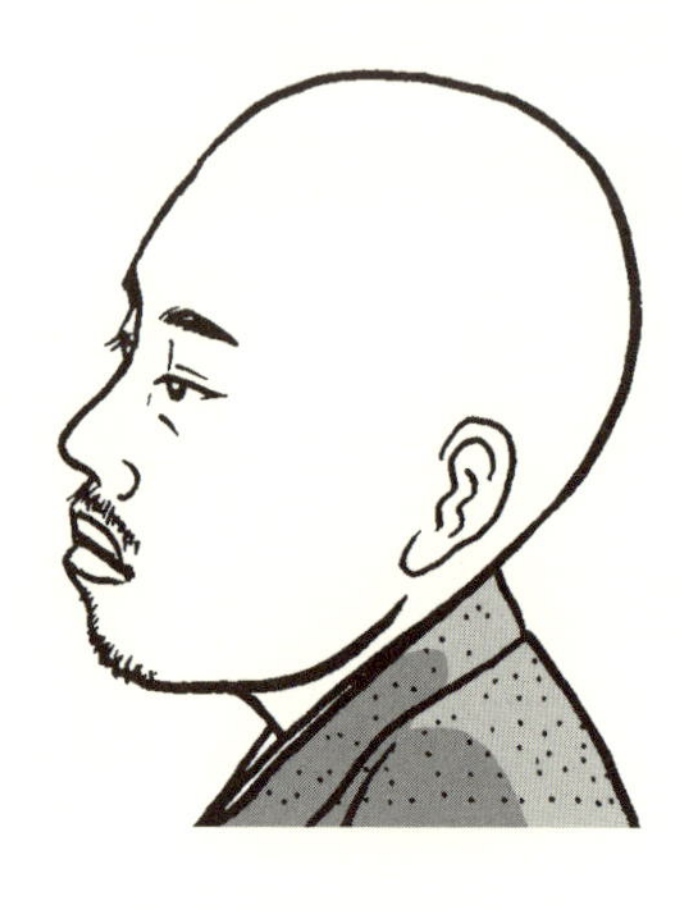

プロフィール

職業：俳人・歌人
本名：正岡常規(つねのり)
出身地：愛媛県
好きな文豪：夏目漱石
趣味：食べること

野球殿堂入りした俳人「の・ボール」

少年時代から漢詩や小説に親しみ、友人と文学雑誌を制作するようになる。

16歳で上京したのち、夏目漱石と出会い、大親友になる。

幼名の升(のぼる)にちなみ「野球（の・ボール）」という雅号を名乗って弟子を困惑させるほどの野球好きで、今では当たり前となっている「バッター＝打者」「ランナー＝走者」のような訳語も子規によるもの。2002年には野球殿堂入りも果たしている。

『古今和歌集』を「しょーもない」と切り捨て、紀貫之を「下手くそ」と評するなど、毒舌が止まらない人でもある。

猫好きとしてもよく知られ、猫を題材とした句も多く残している。

代表作

『仰臥漫録(ぎょうがまんろく)』(1918)

子規の死去する前年の1901年に書かれた日記を後年に書籍化したもの。日々の食事の献立や訪問者、家族への批判や病気について、遺言めいた文章など、公表を意図したものでなかっただけに思うまま率直に記されており、子規の赤裸々な人間性がうかがえる。

『墨汁一滴』(1927)

正岡子規晩年の随筆集。人物評だったり、歌評だったり、漱石との思い出話などなどが記されている。すでに結核による病床にあり、起き上がることも困難な中「もうほとんど食うことができない」と書きながらも、実際はモリモリ食っていた。

夏目漱石の家に2ヵ月近くも居候し、毎日のようにうなぎをおごらせ続けた正岡子規。

夏目漱石と親友だった正岡子規は、肺結核の療養のために須磨から地元の松山に戻ってきた際に、実家には戻らず松山中学の教師だった漱石の家に転がり込み、そのまま52日間帰らなかった。

「今日はなにが食べたい？」と漱石に聞かれると、子規はいつも「うーん、うなぎ」と答え、食べ終わったあとは「万事頼むよ」と言って、1度も金を払わなかった。

漱石が留守の時は勝手に注文してひとりで食べていた。

漱石はこの一件について「子規という奴は乱暴な奴だ。『なに食べたい？』って聞くと『うなぎ』としか言わないし、その代金は全部僕が払っている。なにより、毎日うなぎはしんどい」と、手記に残している。

（出典）高浜虚子『漱石氏と私』
夏目漱石『正岡子規』

漱石に宛てた正岡子規の最後の手紙。その内容は「ロンドンの焼き芋の味」について。

当時病床にあった子規が、ロンドンに留学中の漱石に宛てた手紙についてのこと。

その出だしは、「僕ハモーダメニナッテシマツタ、毎日訳モナク号泣シテ居ルヤウナ次第ダ」「実ハ僕ハ生キテイルノガ苦シイノダ」と、なかなか深刻で悲痛な手紙であるが、その最後は「トコロデ倫敦（ロンドン）ノ焼キ芋ノ味ハドンナカ聞キタイ」となるものだから、混乱を避けられない漱石。

起き上がることすらかなわない病床で毎日号泣するほどの痛みと苦しみにあっても、つきることのなかった子規の食に対する興味とユーモアが表れている。

【内田百閒】

うちだひゃっけん

(1889～1971)

プロフィール

職業：小説家
本名：内田栄造
出身地：岡山県
好きな文豪：夏目漱石
趣味：ネコ・乗り鉄・借金

漱石大好き！　漱石マニア

1889年、岡山県生まれ。
怖そうな顔をしているが、子供の頃はかわいかったらしく、家族からえらく甘やかされて育った。そのためか、大人になってもわがままで、文句多めで無愛想。しかし、仲のいい人にはユーモア溢れた、憎めない人物だったとか。

16歳の時に『吾輩は猫である』を読んで以来、夏目漱石の大ファンに。

第六高等学校卒業後、東京帝国大学へ進学し、22歳の時に夏目漱石と出会い漱石門下となり、同じく漱石門下だった芥川龍之介とも、大の仲良しとなる。

代表作

『百鬼園随筆』（1933）
ベストセラーとなった随筆集。
子供の頃の話から汽車の話や借金の話、漱石の話など内田百閒の身辺に関する雑記。小林多喜二あたりの社会派文学が席巻（せっけん）していた当時の文壇において、ひたすらどうでもいい話を時に偏屈に、時に笑い飛ばすように書いてみたら、売れに売れた本。

『阿房（あぼう）列車』（1952）
「なんにも用事がないけれど、汽車に乗って大阪へ行ってこようと思う」
特に到着地には興味がなく、ただ鉄道に乗りたいがために旅する元祖・乗り鉄紀行。
借金をしてまで1等車の切符を買い、だらだらと東京駅をウロウロして、ようやく列車に乗り込むと、延々と酒を飲む描写で大半のページを使い、大阪へ着いてからの描写はたった3ページで終わる。

内田百閒、猫が好きすぎて弟子を破門にする。

内田百閒は、漱石と同じく大の猫好きで、飼っていた「ノラ」という猫が家に帰ってこなくなった時には、何万枚ものビラを配り「猫探しています（泣）」と新聞に広告を出し、「もしかしたら、外国人が連れ去ったのかもしれないじゃん！」と英語版のポスターまで作って町中に貼った。NHKのラジオに出演した時も、ひたすら猫の話をしてアナウンサーを困らせた。

雨が降ると「どこかでずぶ濡れになっているかも……」と涙し、「今頃三味線にされてたりして……」と冗談を言った弟子は即破門にした。

百閒は晩年、この騒動を『ノラや』というタイトルで本にするも、原稿を読み返すのがつらすぎて校正もできなかった。

借金することに慣れすぎて借金を「錬金術」と呼んでいた内田百閒。

大学で教鞭をとっていた内田百閒だったが、お金には無頓着な性格で、給料はもらったそばから使ってしまい、毎月のように友人知人から借金をしていた。また、闇金にも手を出していた。

何度も差し押さえに遭ったり、債権者に追われて逃げたり、家を追い出されてバラックに住んだりとおよそ大学の先生とは思えない生活ぶりだったが、「旅行に行きたい！　酒を飲みたい！　うまいもんが食いたい！」と思うと、懲りずにまた借金して自分のやりたいことは譲らなかった。

そのうち「給料日は借金取りが来るから嫌いだ。でも借金をすればうまいもんが食えるから好きだ」となんだか変な境地に辿り着き、「そもそも借金っていうのは、金のある所からない所に移動させているだけのこと」と言い出し、「借りた金を生活のために使う奴は借金の素人。徹底して放蕩に費やすべし」となって、最終的には借金することを「錬金術」と呼んでいた。

（出典）内田百閒『阿房列車』
内田百閒『百鬼園随筆』

内田百閒、日本芸術院の会員候補に選ばれるも「イヤダカラ、イヤダ」と断る。

夏目漱石は文部省からの文学博士の学位授与を「小生は今日までただの夏目なにがしとして世を渡って参りましたし、これから先もやはりただの夏目なにがしで暮らしたい希望を持って居ります」と辞退した。

内田百閒は１９６７年に日本芸術院の会員候補に選ばれた際に、憧れの漱石に倣ってかっこよく断ろうとしたが、いいコメントが出てこず、

「御辞退申シタイ
ナゼカ　芸術院ト云フ会ニ入ルノガイヤナノデス
ナゼイヤカ　気ガ進マナイカラ
ナゼ気ガススマナイカ　イヤダカラ」

と、駄々っ子のような電文を送ってしまった。

コラム

「夏目漱石と正岡子規、そして漱石の弟子たち」

夏目漱石と正岡子規は、ともに１８６７年に誕生し、大学予備門時代に出会います。まじめで繊細で内気な漱石と、豪放磊落（らいらく）・こまかいことは気にしない子規。好き嫌いの激しい子規はなぜか正反対の性格の漱石を気に入り、なにかにつけて連れ回します。

漱石は子規について、

「なんでも自分の思い通りにならないと気が済まない人。ふたりで歩いていても自分の思う通りに僕を引っ張り回す。いやじゃないけど」

と言い、子規は漱石について、

「あんまし本人に言いたくないけど、漢詩漢文にめっちゃ詳しいし才能がやばい。俳句はど下手だけどな」と言う。

漱石は子規に漢詩を教え、子規は漱石に俳句を教えるといった具合にお互いに認め合っていたふたり。漱石というペンネームももとは子規が使っていた俳号のひとつで、漱石が気に入って譲ってもらったものでした。

ともに東京帝国大学に進み、漱石は教師に、子規は新聞記者になり、あまり顔を合わせられなくなってくると、ふたりは往復書簡で励まし合います。

すでに結核を患い何度も喀血していた子規は「血を吐いても鳴き続ける」と言われるホトトギスに自分を重ね、「子規（ホトトギスの漢字表記）」の俳号を使い始めます。子規が常々提唱していた「革新的な俳句」に触発されて友人・柳原極堂が立ち上げた雑誌も「ホトトギス」と名付けられ、当時の文壇俳壇で話題となって、正岡子規の名は一気に全国へと広がります。

そんな中、子規の病状は悪化の一途を辿り、松山にいた漱石の家に転がり込んで、療養生活を始めます。

漱石は「地元なんだから実家に帰ればいいのに」とか「許可なく転がり込みやがって」とかぶつぶつ言いながらも、周りの人に「肺病うつるから出て行ってもらった方が……」とか言われると、「別にかまわない」と子規を置いてやり、子規は子規で毎日うなぎを食べるのでした。

ふたりが最後に会ったのは、漱石が英語留学でロンドンへ発つ前に、子規に挨拶に行った時でした。

この頃には起き上がることもできず寝たきりになっていた子規。

漱石も子規も、これが最期になると覚悟します。

漱石のロンドン滞在中、筆を持つのもままならない子規は、漱石への手紙を2度しか送っていません。

「僕はとても君に再会することは出来ぬと思う。万一出来たとしてもその時は話も出来なくなってるであろう。実は僕は生きているのが苦しいのだ」

「書きたいことは多いが苦しいから許してくれたまえ」

と書き綴った手紙に、「ロンドンの焼き芋の味」のくだりをつけたのは子規なりの精いっぱいのジョークでしたが、漱石は笑うことができませんでした。

「血を吐くように俳句を詠み続けた」子規は34歳の若さでこの世を去ります。

そして、ロンドンで子規の訃報(ふほう)を知った漱石は、子規の名を冠した雑誌「ホトトギス」に、花を手向けるように、『吾輩は猫である』を掲載するのでした。

漱石の『吾輩は猫である』を読んで感銘を受けたふたりの青年がいました。

ひとりは芥川龍之介で、もうひとりは内田百閒。ふたりは漱石の大ファンとなり、ともに漱石の門弟となります。

漱石には彼の作品に心打たれて集まった多くの門弟がいましたが、内田百閒はアプローチの仕方がみんなとちょっと違いました。百閒は漱石を崇めすぎて、漱石にまつわるものはなんでも集めます。

漱石に書や画を描いてもらっては床の間に飾り、漱石が書き損じた原稿用紙を持って帰り、執筆に行き詰まると鼻毛を抜いて並べる癖のあった漱石の鼻毛を発見して狂喜乱舞。わざわざ箱に入れて保管するなど、漱石愛が止まりません。

漱石が使っている文机とまったく同じものを職人に作らせ、漱石の古着を譲り受けて家でこっそり漱石コスプレごっこをする内田百閒。

ある時、百閒の家を訪れた漱石はその様子を見て唖然。特に気に入らないのが、額に入れて飾られている画や書。これらは漱石が手習いに描いたようなものばかりで、とても人に見せられるようなものではありません。

数日悩んだ漱石は百閒に「あの、飾ってくれてるやつ。あれはよくない。破り捨てたい。新しいのを描くから額縁とかの寸法教えて」と手紙を出します。

百閒は「新しい作品もらえるのは嬉しいんですけど、今あるやつ捨てられるのはつらいです」と懇願するも、自分の稚拙な作品が飾られることに我慢ができない漱石は、結局それらを破り捨ててしまうのでした。

一方、芥川龍之介は静かに漱石愛を募らせます。

芥川は、漱石の主宰する勉強会に参加するようになりますが、漱石のことが好きすぎて、うまく話すこともできず膝が震えるばかり。「どうしよう。先生に嫌われてるかも……」と落ち込みふさぎ込みます。

しかし、22歳で書いた『鼻』を漱石に絶賛されると一変して有頂天に。神レベルに尊敬する漱石先生に褒められて自信をつけた芥川は、次々と作品を発表します。

漱石は門弟の多くをかわいがっていましたが、その中でも芥川のことは「芸術的精進の志に富んだ人間」とその前途に期待を寄せます。

名もない文学青年だった芥川には、当時文学界のスターだった漱石に絶賛された新人として多くの執筆依頼が舞い込み、売れっ子作家として時代の寵児となっていきました。

しかし、その年に漱石は胃潰瘍により亡くなってしまいます。

多くの文壇人が参列した葬儀が終わり、皆ぞろぞろと帰り始めた頃、漱石を愛しその漱石に才能を見出された青年は、ひとり突っ立ったままに啜（すす）り泣くのでした。

その芥川龍之介にして「才能に嫉妬した」と言わしめたのが、室生犀星という作家です。

芥川と犀星、そして犀星の大親友の萩原朔太郎の3人は、互いの家を行き来しては夜通し語り合い、時には3人で旅行に行くほどの仲でした。

ある出版記念会でのこと。朔太郎がスピーチをすると別の作家が些細(ささい)なヤジを飛ばしてきます。特に気にもせず相手にしなかった朔太郎でしたが、それを遠くから見ていた犀星が、てっきり喧嘩が始まったと早合点してしまい、親友に加勢すると言わんばかりに椅子を振り上げながら大暴れし、会場をパニックに陥れます。

のちに「中央亭騒動事件」として文壇で語り継がれたこの事件ですが、芥川はこのエピソードが大好きで、犀星宛ての手紙の中で「室生犀星よ、椅子をふりまわせ！　椅子をふりまわせ！」と書いて茶化しました。

その1年後、芥川は大量の睡眠薬を服用し自殺してしまいます。

その前日、芥川は犀星の自宅を訪れましたが、仕事で不在だったため、ふたりは会うことができませんでした。芥川がなにを思って犀星に会いに来たのか、今となっては誰にもわかりませんが、犀星は「もし自分が外出していなかったら……」と、後年まで悔やんだのでした。

（出典）夏目漱石『正岡子規』
江口渙『芥川龍之介君を回想す』
内田百閒『私の「漱石」と「龍之介」』
萩原朔太郎『中央亭騒動事件』

第二章

紅露時代の几帳面で怒りっぽい文豪たち

尾崎紅葉
泉鏡花
田山花袋
国木田独歩
幸田露伴
淡島寒月

影響を与える

影響を与える

ふたり合わせて紅露時代と呼ばれる

幸田露伴

巌谷小波

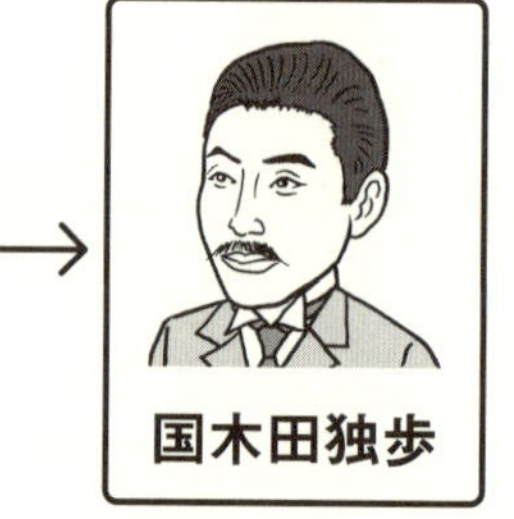

【 第三章　相関図 】

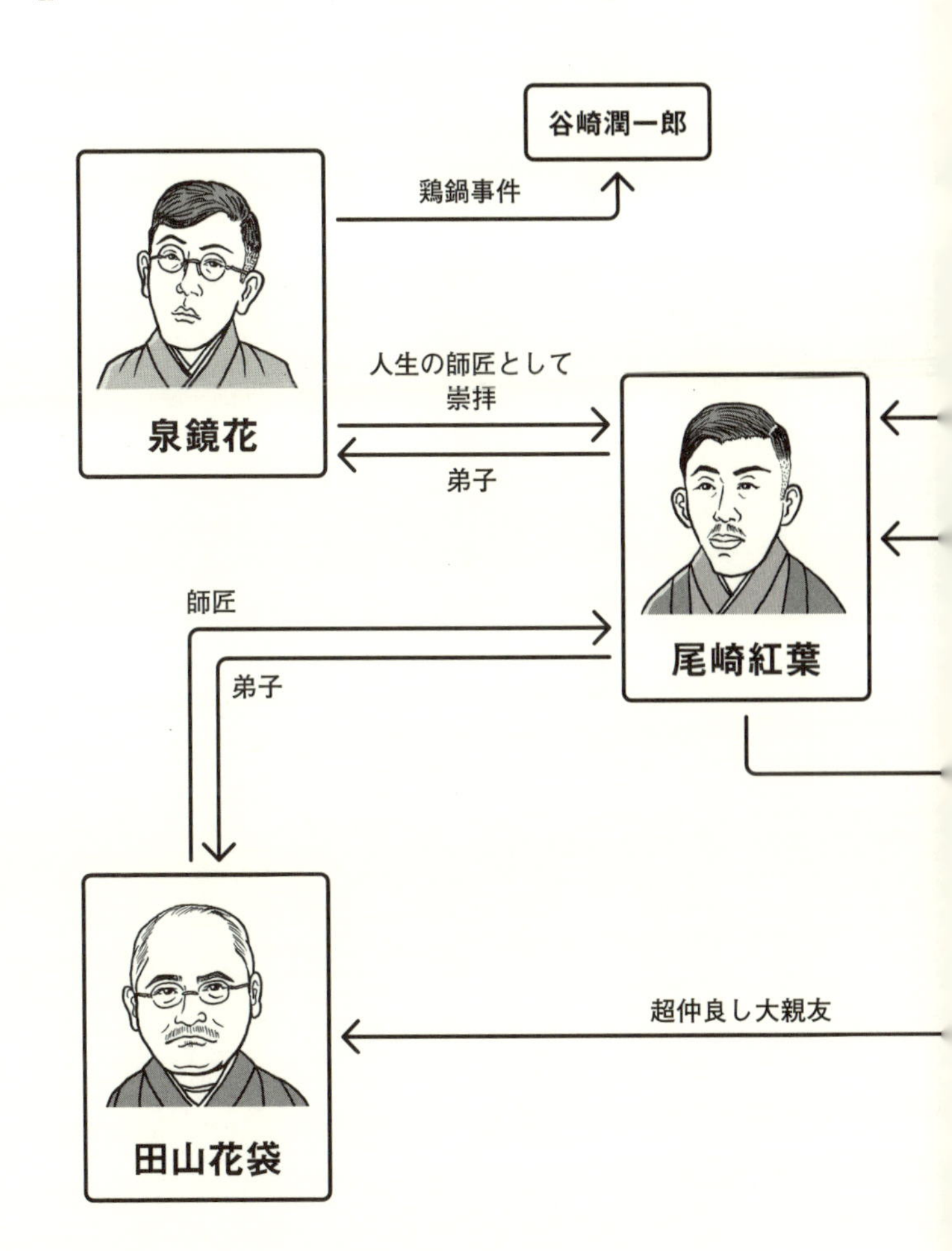

【尾崎紅葉】

（1868～1903）

プロフィール

職業：小説家
本名：尾崎徳太郎
出身地：東京都
影響を受けた作家：井原西鶴
趣味：漬物

江戸っ子気質の親分肌

1868年、江戸幕府が終焉を迎える頃に、芝中門前町に生まれる。

母は早くに亡くなり、母方の祖母に育てられた紅葉は学業優秀で、15歳で大学予備門（のちの第一高等学校）に入学。

学生時代に仲間と設立した文学結社「硯友社」は、当時の文壇で大きな影響を与える一派となる。

21歳の時に書いた『二人比丘尼色懺悔』でデビューして、明治時代を代表する売れっ子作家となる。

面倒見がよく、親分肌だった紅葉のもとには多くの門下生が集まり、泉鏡花や田山花袋などのちに活躍する作家を多数輩出した。

代表作

『二人比丘尼色懺悔』（1889）

21歳の頃に書いた尾崎紅葉のデビュー作にして出世作。

前書きの部分で、「いろいろ試行錯誤を繰り返して、新しい文体を作り出しました。その部分も含めて感想もらえると嬉しいです！」みたいなことを書いていて、かわいい。

『伽羅枕（きゃらまくら）』（1890）

江戸時代に吉原で名をはせた花魁（おいらん）の、波乱万丈で狂気溢れる人生を書いた作品。

連載時、「これは実在する人物に聞いた話をそのまま書いています」と記された通り、モデルとなった老女の若い頃の話を実際に聞いて仕上げた、実録モノ小説！

『金色夜叉（こんじきやしゃ）』（1897～1902）

貫一・お宮でお馴染みの、「読売新聞」で5年間連載された大ヒット作。

好評すぎて連載を終わらせてもらえず前編、中編、後編、続・金色夜叉、続続・金色夜叉、新続・金色夜叉と長期連載しているうちに、紅葉が胃がんで他界。未完で終わる。

叱り方が巧みすぎて、弟子たちに怒られたがられた尾崎紅葉。

親分肌で門下生の面倒をよく見た紅葉だったが、江戸っ子気質そのままの性格で短気な面もあり、よく小言を言っていた。

「自分は縄と鞭で弟子を育てる」と公言する通り、叱るべき時は厳しく弟子を叱った紅葉は、往来ですれ違っても挨拶をしない弟子は衆目の中だろうが関係なく叱りつけ、「正月の年始の挨拶が遅い！」「近火見舞いがなかった！」など、礼節を欠く門下生に対しては特に厳しく、時には抜刀して叱りつけた。

怒り出すと止まらない紅葉だったが、叱る時に出る言葉は口の悪さとユーモアが混ざり合った、なんとも味わい深いものだったらしく、弟子たちは叱られるたびに「おー、さすが先生！」と感心して、皆こぞって怒られたがった。

（出典）内田魯庵『硯友社の勃興と道程』

なんでも納得いくまでやりたい尾崎紅葉、こだわりが強すぎて原稿も大変なことになる。

凝り出すとなんでも納得いくまでやらないと気が済まない性格だった紅葉。

ビリヤードにはまった時は、へたくそな自分に納得がいかずに1日中玉を突き続け、家に帰るのも面倒なので、ビリヤード場の近くの友人の家に押しかけて「くたびれたから泊めてくれ」と言い、カメラにはまった時はどこに行くにもカメラを持ち歩き、ヨーロッパにいる友人に「今度写真を送ってあげるよ」と言うも納得いく写真が撮れず、結局1枚も送れなかった紅葉。

執筆の際もなかなか納得がいかず、原稿の推敲を幾度も繰り返す。当時の原稿修正は原稿用紙の上に書き直した紙を糊で貼っていくというやり方で、もちろん1回では済まず何度も同じ箇所に重ね貼りをするものだから、原稿用紙がどんどん分厚くなって、最終的には厚紙みたいになっていったのでした。

（出典）巌谷小波『紅葉山人追憶録　第一』

尾崎紅葉、友人を捨てた元カノを責め、バイト先に殴り込みに行く。

『金色夜叉』の主人公・貫一のモデルのひとりと言われるのは、紅葉と旧知の仲だった児童文学者の巖谷小波(いわやさざなみ)。

彼には料亭で働いていた恋人がいたが、小波が地方に赴任している間に別の男に横取りされてしまった。小波自身は「別に結婚する気もなかったし……」と、たいして気にも留めていなかったが、なぜかまったく関係ない紅葉が、「俺の友達を裏切りやがって!」と怒り出して料亭に乗り込み、これまたなぜか横取りした男の方ではなく女の方を足蹴にした。

これがのちに、貫一がお宮を足蹴にする熱海海岸のシーンのヒントとなった。

▲『金色夜叉』に出てくるエピソード「追いかけて許しを乞うお宮を、貫一が下駄で蹴り飛ばす」場面を描いた「寛一・お宮の像」。
所在地：静岡県熱海市東海岸町、国道135号下り車線沿い。見学自由。
（提供）熱海市観光協会

【泉鏡花(いずみきょうか)】
(1873～1939)

プロフィール

職業：小説家
本名：泉鏡太郎
出身地：石川県
好きな文豪：尾崎紅葉
趣味：うさぎグッズ集め

潔癖で超心配性な、幻想文学の先駆者

とにかくまじめで几帳面な性格。

学生時代、友人宅で読んだ尾崎紅葉の小説『二人比丘尼色懺悔』に感銘を受け、17歳で小説家を志して上京し、紅葉に弟子入りする。以来、無名時代の自分を書生として養ってくれた紅葉を、神のように崇拝する。

普段は冷静で温厚だが、紅葉の悪口を言った相手に飛びかかって殴りつけたことがある。『夜叉ヶ池』『高野聖(こうやひじり)』など、幻想的でロマンティシズム溢れる作品で注目され、文壇の中にもファンが多かった。

「原稿を郵送する時は必ず自分でポストに入れに行き、ポストに入れても何となく不安で、ポストの周囲を二、三べん回る」くらいの心配性であった。

代表作

『高野聖』（1900）

鏡花お得意の、美しく幻想的なホラー小説。

島崎藤村（とうそん）や田山花袋など、自然主義文学全盛の時代に、耽美的で妖艶な世界観で異彩を放ち、鏡花の名を知らしめた作品。

『婦系図（おんなけいず）』（1907）

芸者と同棲していた鏡花に、師の尾崎紅葉が大激怒。泣く泣く別れることになったいきさつをもとに書かれた恋愛小説。

有名な「別れろ切れろは芸者の時に言う言葉。今の私には死ねとおっしゃってくださいな」のセリフは、のちに演劇化された時に付け加えられたもので、本編には登場しない。

極度の潔癖症だった泉鏡花。菌が怖すぎて、なんでも自前のアルコールランプで煮て食べていた。

赤痢にかかって以来、極度の潔癖症になった泉鏡花は、常に除菌用のアルコールを持ち歩き、刺身などのなま物は一切口にせず、大根おろしですら煮て食べるほどであった。熱燗を通り越してぐつぐつになるまで熱した酒は、文壇仲間に〝泉燗〟と呼ばれ、アンパンを食べる時は表も裏も側面も焼いてから食べ、指で触った部分は捨てるといった徹底具合。

外出時は常にアルコールランプと鍋を持ち歩き、一流料亭で出された料理ですらごった煮にして食べていた。

使い終わった食器は布や紙にくるんで簞笥（たんす）にしまい、ヤカンや急須の口は紙で塞ぎ、掃除も徹底して、階段は上の段、中の段、下の段でほこりのたまり具合が違うという理由でそれぞれ専用の雑巾を用意し、お手伝いさんを辟易（へきえき）させた。

さらには豆腐の「腐」の文字を見るのも書くのもいやで、「豆府」と書いていた。

（出典）水上瀧太郎『鏡花世界瞥見』
小村雪岱『泉鏡花先生のこと』

泉鏡花、鍋の中にネギで境界線を引く。

谷崎潤一郎と泉鏡花が、鶏鍋をつついていた時の話。

くたくたに煮るまで肉を食えない泉鏡花に対して、半生だろうがおかまいなしでどんどん食べていく谷崎潤一郎。

もともと他人と鍋をつつくこと自体に抵抗もあってイライラしてるうえに、自分の食べる分の肉がどんどんなくなっていく状況に怒りを爆発させた鏡花は、

「谷崎君！　こっからこっちは僕の陣地ね!!」

と、鍋の中にネギを並べた。

（出典）谷崎潤一郎『文壇昔ばなし』

犬も怖かった泉鏡花、「身代わりを雇おう」とまじめに考えていた。

犬恐怖症の泉鏡花は、散歩に出かける際に、いつなんどき犬に襲われやしないかといつも心配していた。

そこで太いステッキを持って出かけるが、

「このステッキを犬が見て、かえって怪しみはしないだろうか、真っ青になっている私の顔を見て、本能的に追いかけては来ないだろうか。犬はよく人の心を読むって言うし……」

と、さらに心配になり、

「こうなったらもう最悪の場合身代わりになってもらおうと、女中を連れて散歩に行こうとも思ったんだけど、それはさすがに人道上よくない。ならば奥さんを連れて散歩することも考えたが、毎度夫婦で連れ添うというのも野暮だ。もういっそのこと屈強な車屋でも雇おうかと考えている」

と、知人に相談した。

（出典）水上瀧太郎『鏡花世界瞥見』

絶対に間違いたくない泉鏡花、なんでも必ず電話で確認する。

執筆に取り掛かる際には原稿用紙にお神酒(みき)を振りかけ、書き損じた箇所は「言霊(ことだま)が蘇ってきてはいけない」と丁寧に黒々と塗りつぶす。原稿用紙にハエがとまると塩を振って清めをしないと続きが書けない。なんでも折目正しくしていないと気が済まない鏡花である。


少し飲みすぎた翌日には、一緒に飲んだ友人に、

「ゆうべは変なことは言わなかっただろうか？　なにか書きはしなかっただろうか？　それは間違った字ではなかっただろうか？」

と必ず確認の電話をかけ、役所などから通告が届くとやっぱり電話をかけて、

「これはどういうふうに返事をすればいいのでしょうか？　ハガキではいけないでしょうか？　本名を書くのでしょうか？　何色で書くのでしょうか？　間違ったことはしたくないので」

と、ひたすら質問し続けた。

（出典）鏑木清方『思ひ出今昔』

【田山花袋】

（1872〜1930）

プロフィール

職業：従軍記者・文芸雑誌編集者
↓小説家
本名：田山録弥
出身地：群馬県
好きな文豪：国木田独歩
趣味：美少女の鑑賞・妄想

私生活をさらけ出す私小説のパイオニア

1872年、館林の秋元藩士の子として生まれる。幼少の頃に父を西南戦争で亡くし貧しい生活を強いられる中、漢詩文を学びフランスやロシアの文学にも親しむ。

18歳で上京し翌年に尾崎紅葉に弟子入り。日露戦争が勃発すると従軍記者として出征、その後は文芸雑誌の編集に携わったりしつつ、35歳で発表した『蒲団』で世間に衝撃を与える。

明治30年代の羽生の自然や風物、人間模様を描いた『田舎教師』の舞台となった埼玉県羽生市の名物「花袋せんべい」は、しばしば「硬いせんべい」と間違われる。

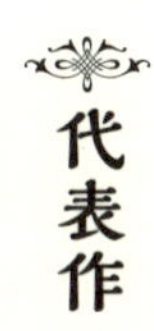

代表作

『蒲団』(1907)

「何事も露骨でなければいかん」が口癖だった田山花袋が「弟子に取った女学生が思いのほかかわいい件」をそのまま小説に。当時の文学界で「日常での体験やスキャンダルを赤裸々に書く」スタイルを流行らせた作品。

『少女病』(1907)

ロリコン気質の困ったおじさんが、電車で見かける美少女をストーカーしたり髪の匂いを嗅いだりするお話。

少女の素性を妄想し、将来の伴侶に嫉妬し、あわよくば視線を交わさんと期待する中年……。

突然のラストはいろんな意味で衝撃的。

弟子の女学生に恋するもなにもできず、泣きながら夜着の匂いを嗅ぐ中年作家の話、『蒲団』はだいたい実話。

妻子ある身でありながら弟子の女学生に恋をして、その女学生に恋人がいることを知って落ち込み、嫉妬して無理やり別れさせて故郷に帰らせ、寂しくなって女学生が使っていたパジャマの匂いを嗅ぎながら泣いちゃう中年作家の話、『蒲団』は田山花袋の実体験をもとに書かれた。

弟子の女学生のモデルは、実際に花袋の弟子だった岡田美知代で、中年作家はもちろん田山花袋本人。

弟子志願でやってきた美知代のことを「文学の才能もあって、器量もよくて、何よりすごい慕ってくれる」と、好きになってしまう花袋。「いや、でも俺、嫁も子供もいるし……」と悶々としているうちに美知代に彼氏ができてしまい、延々と嫉妬の感情を募らせる毎日。悔しすぎて、恋敵のことを「なんか取り澄ましていて不愉快な奴。田舎訛りも色白の顔もいやだし、素直さが微塵(みじん)もなくて、なんか言い訳ばっかかする奴」とひたすらしょーもない男として小説の中に描くことで、溜飲(りゅういん)を下げる花袋なのであった。

くんかくんか♡
スウ〜〜ッハア♡
田山花袋

【国木田独歩（くにきだどっぽ）】

（1871 〜 1908）

プロフィール

職業：教師→記者→雑誌編集者→小説家
本名：国木田哲夫
出身地：千葉県
好きな文豪：田山花袋
趣味：釣り・散歩・月琴

いくつもの顔を持つマルチクリエイター

早稲田大学在学中に詩や小説を投稿するようになり、小説家を目指すようになる。

大学中退後は山口の実家に戻り、しばらく釣りや野山の散策をして過ごしたり、月琴（げっきん）という弦楽器を奏でたりして過ごす。

その後、英語教師を経て、新聞記者や雑誌編集者として活躍しながら小説を書く。

いわゆる「紅露時代」の中で、独歩の作品はあまり売れなかったが、夏目漱石や芥川龍之介などに高く評価されていた。

現在も続いている雑誌「婦人画報」の創刊者でもある。

代表作

『愛弟通信』（1894）
日清戦争時に従軍記者として書いた記録をまとめたもので、戦場の様子や戦況を実弟に宛てて報告するという形式で書かれたルポルタージュ。〝新聞記者・国木田哲夫〟として一躍有名となった作品。

『武蔵野』（1898）
最初の奥さん・信子とのデートコースだった、武蔵野の自然溢れる風景を描いた作品。好きな人と歩けばどんな場所でも楽しい独歩が、武蔵野という地を延々と褒め続ける。

『牛肉と馬鈴薯』（1901）
牛肉には馬鈴薯（じゃがいものこと）が欠かせないことを討論しているうちに、政治や恋の話になり、やがては宇宙について語り出し、最終的には「私とはなにか？」みたいな話になっていく壮大なお話。

国木田独歩が田山花袋に作ってあげたカレーライス、ちょっと変。

当時、渋谷のはずれに住んでいた国木田独歩の家に、田山花袋が訪ねていった日のこと。すっかり暗くなってしまったので「そろそろ帰ろうかな」と花袋が言うと、「え？　もう？　まだいいじゃん。もう少し遊んでいきなよ」と引き止め「今さぁ、カレーライス作るから、一緒に食べていきなよ」と言って、台所の方へ立って行く独歩。

「できたよ～。お待たせ～！」と言って独歩が運んできたカレーライスは、大きなお皿にご飯を乗せて、その上に無造作にカレー粉を振りかけただけという斬新なスタイルで、のちに花袋は「私はあの時のカレーライスを忘れることができぬ」と書き残している。

（出典）田山花袋『東京の三十年』

田山花袋との日光での生活が楽しすぎて小説が書けない国木田独歩。

国木田独歩26歳の時のこと。

仲の良かった田山花袋とともに日光に逗留していた独歩は「日光にいるあいだに傑作処女作を書く！」と息巻くも、全然書こうとしない。

朝の弱い独歩はいつも田山花袋に起こされて、朝食を済ませると散歩に出かけ、日が暮れるとどちらかの部屋で詩を詠み合ったり、文壇大御所の悪口を言ったりする毎日。

花袋が「てか、小説進んでんの？」と聞くと、「今日も1日考えたよ。君から見ると怠けているように見えるかもしれないけれど……。こうやって考えている時間も、書いているのと同じだから」と答える。

しかしその後もふたりで、好きな子の話をしたり、野良猫を追いかけたり、一緒にお風呂に入ったり、月夜を散歩したりと、まったく小説を書いている気配のない独歩。

結局1カ月間なにも書かず、ただただ楽しく過ごした独歩は、夏休みの宿題のように最後の10日間ほどで一気に小説『源おぢ』を書き上げたのでした。

【幸田露伴（こうだろはん）】

（1867～1947）

プロフィール

職業：電信技師→小説家
本名：幸田成行（しげゆき）
出身地：東京都
影響を受けた作家：井原西鶴
趣味：掃除・釣り

娘に厳しい、紅葉とともに明治の文壇を支えた文豪

幼少の頃は病弱だったため、あまり外で遊ぶことができず読書が趣味だった幸田露伴は、14歳の頃には図書館に通うようになり、俳諧に親しみ、漢学、漢詩を学んだ。

18歳で電信技師として北海道で就職するも、坪内逍遥（しょうよう）の『小説神髄』に感銘を受け、小説家を志して上京。

25歳で発表した『五重塔』が高い評価を受け、作家としての地位を確立。同世代の尾崎紅葉と人気を二分し「紅露時代」と呼ばれる明治文学の一時代を築いた。

考えごとをしたい時はひとりで釣りをする。

１９３７年に、第１回文化勲章を受章した。

代表作

『風流仏（ふうりゅうぶつ）』（1889）

露伴の出世作。惚れた女と引き離された仏師が、女をモデルにした仏像を彫る話。その女が結婚すると聞いて、さらに鬱になりながらも仏像を彫っていたら、なんと木彫りの女が話しかけてきた！　という謎なストーリー。

『五重塔』（1892）

大工として腕はあるが、愚鈍な性格から世間から軽んじられる弟子の十兵衛と、世間から名人よ、器量者よと褒められる棟梁の源太。義理も人情も捨てて五重塔の建設に一身を捧げるふたり。芸術家の意地と気概は、悪魔を退散させ、天変地異をも打ち砕く。

旅先で占い師の真似事をして大変な目に遭った幸田露伴。

　国内外の文学はもとより、歴史・地理・博物・物理と博識な幸田露伴は、「易経」をはじめとする占いの類への造詣も深く、箱根の宿に泊まっていた時も遊び半分で、女中の運勢を占ってやったりしていた。

　ある日、その宿で金が紛失するという事件が発生した。

　女中たちから「先生の占いで犯人を見つけてくださいな」と相談を受けた露伴、遊び半分の占いで犯人が見つかるわけがないだろう、と困りつつも筮竹(ぜいちく)を鳴らし、「なくなった金はなにかの下から出てくるだろう。犯人はこの宿にいる」

　とかそれっぽいことを言っていたら、なくなった金が本当に布団の下から出てきた。

　この一件によって「露伴先生の占いが見事的中した！」とたちまち評判になり、「明日は晴れでしょうか？　雨でしょうか？」とか、「生まれてくる子は男の子でしょうか？　女の子でしょうか？」とか、「うちの犬の食欲がないんですが、なにが原因でしょうか？」など、「そんなの知らないよ！」ってことまで相談されるようになり、いやになる露伴。

〈出典〉佐藤儀助編『文壇風聞記』

娘のしつけ方がまるで師範と弟子。露伴流「掃除道」は厳しい。

妻を亡くしてからは娘へのしつけを自身でするようになった露伴。露伴自身も母から受け継いだ掃除についての心得を、14歳になった娘の文(あや)に伝授する時がきます。

幸田家流の掃除は、正座して挨拶から始まります。娘の持っているほうきとはたきを見て露伴が一言、

「こんな道具ではいい掃除はできない。直すところから始めよ」

ほうきの竿(さお)を真っ直ぐなものに取り替え、はたきは柄の長さを調整し房を整える。

「さて、どこから始めるのが正しいと思うかね?」と露伴が問う。

恐る恐る「はたきをかけます」と文が答える。

露伴「なにをはたく?」

文「障子をはたきます」

露伴「障子はまだだ! ばかもの!」

「えー……、父怖い(泣)」とうろうろする文に「ほこりは上から下に落ちる。掃除の順序は高きから低きがに定跡だ!」と、その様子はなんかもう師範と弟子。

その後も、

「ほうきは筆と心得よ」

「畳の目を読むのだ」

「いい仕事はしぐさも美しいもの。常に自分の姿を思い描くべし」

「はたきの音を覚えるのだ。いい声で唄うばかりが能じゃない、いやな音をなくすことこそが大事」

「お前は水の恐ろしさをわかっておらん。見ろ、しずくが染みになっておる」

あまりの厳しさに娘が拗ねると、

「ほう。怒るかね。できもしないで文句ばかり言う、これすなわち慢心外道という」

と、一蹴。

露伴流「掃除道」は厳しい。

（出典）幸田文『父・こんなこと』

【淡島寒月】

(1859 〜 1926)

プロフィール

職業：小説家・画家
本名：淡島寶受郎
出身地：東京都
好きな文豪：井原西鶴
趣味：古物蒐集

紅露時代を作った陰の立役者、はちゃめちゃ趣味人

明治〜大正時代の小説家、画家、俳人、好事家。

江戸文学、特に井原西鶴の研究につとめた結果、井原西鶴の再評価に繋がり、明治の文壇に影響を与えた人。

江戸時代から続く大富豪の家に生まれ、その生涯を趣味人として生きた。

古美術、考古学にも詳しく、晩年は玩具蒐集に熱中したりもした。

江戸文化にとどまらず進化論的唯物論、社会主義、埴輪、エジプト、絵画……と多岐にわたるジャンルについてその造詣を深めた。

代表作

『梵雲庵雑話』（1933）

多種多様な趣味に生きた寒月ならではの、江戸末期から明治の東京の風景、趣味で集めていた玩具、旅についてなどなどについて、飄々とした語り口で書かれた随筆集。序文は幸田露伴が書いている。

アメリカに行くために江戸文化を研究し、いつの間にか明治の文壇に絶大な影響を与えた淡島寒月。

父と同じく金には困らず趣味人となった寒月は、福沢諭吉を読んで西洋文化に興味を持つようになる。

西洋の文献を読み漁るうちにアメリカに異常な憧れを抱くようになり、英会話を習い、テーブルや椅子やベッドを揃えた洋間で暮らし、バターやコーヒーを口にし、髪を灰汁(あく)で脱色し、挙句の果てに目を青く染めようとまでする。

「いつかは渡米して帰化したい」とさえ思うようになった寒月は、

「アメリカで日本のことを聞かれた時に答えられなかったら恥ずかしい！　どうしよう！」

と、まったく心配しなくていいことを心配し出して、今度は江戸文化について研究し始める。

江戸時代の図録や草双紙などを読み漁る中で、井原西鶴の本を見つけた寒月は「この井原西鶴って人すごく面白いから読んでみろ」と紅葉と露伴に勧め、ふたりに多大な影響を与えたのでした。

コラム

「紅露時代を取り巻く文豪たち」

慶応3年、大政奉還が行われ江戸時代から明治時代へと時代が大きく変わろうとしていたこの年に、尾崎紅葉と幸田露伴という、のちに明治の大文豪と呼ばれるふたりが誕生します。

紅葉は『二人比丘尼色懺悔』や『伽羅枕』、露伴は『露団々（つゆだんだん）』や『風流仏』などで鮮烈な文壇デビューを果たし、ふたりの活躍するこの時代は「紅露時代」と呼ばれました。

ちなみに、夏目漱石と正岡子規も同じ年に生まれますが、このふたりが活躍する時期はもう少しあとのことです。

同い年でともに東京に生まれ、同じ東京府第一中学で同級生として学び、「読売新聞」で小説を連載、と共通点の多い紅葉と露伴ですが、「井原西鶴を愛読していた」という共通点は避けて通れません。

井原西鶴は、紅葉と露伴が生まれる200年ほど前、『好色一代男』などで一世を風靡（ふうび）した江戸時代のベストセラー作家でしたが、明治の頃にはすっかり忘れ去られていました。

この井原西鶴を紅葉と露伴に紹介したのが、淡島寒月という人物でした。

江戸時代マニアの淡島寒月は、当時の図録や草双紙などを読み漁る中で井原西鶴の才能を発掘し、「なにこれ、めっちゃおもしろい！」と文壇へ広めます。

当時の文壇では、日常で使う話し言葉に近い文章を書くことが流行りつつありましたが、井原西鶴に影響された紅葉と露伴は、その流行に逆らい、西鶴調の江戸時代に見られたような文章で小説を発表していきます。


共通点の多い紅葉と露伴でしたが性格は正反対で、親分肌で弟子を多く抱えた紅葉に対して、「露を伴侶とす」を由来とする露伴は徒党を嫌い、弟子もあまり取りませんでした。

その作風も対照的で、流麗な文体で浮世を描写しようとした大衆作家の紅葉に対し、漢語的な文章で美の本質に迫ろうとした学者肌の露伴。

死に際においても、「どいつもこいつもまずい面(つら)だ」と言いながら、多くの門弟に囲まれて逝った紅葉に対して、限られた親族に看取られた露伴。最期まで対照的なふたりなのでした。

1891年に紅葉の門を叩いた田山花袋は、紅葉のもとで修業しながら硯友社で紀行文などを書いていましたが、都会的で気の利いた硯友社一派の作風にいまいち馴染めずにいました。自分の小説スタイルに行き詰まり悩んでいた花袋は、国木田独歩に出会います。独歩もまた小説家として身を立てることに必死な時期で、同い年でもあったふたりはすぐに打ち解け合いました。

最初の奥さんに出て行かれたばっかりだった独歩が「どこでもいいから旅に出たい！」と言い出し、独歩と花袋のふたりは日光へ行くことになります。そして、そのまま1カ月半一緒に暮らしますが、その期間にふたりは、毎日のように散歩に出かけ、すぐ女性に声をかける独歩に花袋が呆れたり、甘いもの好きな花袋がいつも羊羹を食べたがるのを独歩が笑ったり……、そして文学論や宗教、恋愛や死生観について夜通し語り合い、お互いに尊敬し合う大親友になります。

それからもふたりの友情は続き、お互いに精力的に作品を発表し続けますが、やがて独歩が当時不治の病とされていた結核に罹（かか）り、亡くなってしまいます。独歩はその病床で、「花袋は余の親友なり」という言葉を残し、花袋は「私は天才と親友を同時に失った」と、弔辞を述べたのでした。

田山花袋より1年早く紅葉門弟となっていた泉鏡花。

鏡花は極度の潔癖症からも見て取れるようにとても神経質で、「自分のような者を弟子にしてもらえるだろうか」と心配し、上京してから1年間、紅葉の門を叩くことができませんでした。

意を決して弟子入りを志願すると、あっさりと受け入れる紅葉。

紅葉は才能ある鏡花を高く評価しており、新聞連載の仕事を鏡花に与えます。鏡花は処女作である『冠弥左衛門』を執筆しますが、あまり評判がよくありませんでした。しかし紅葉は「若い才能が潰れてはいけない」と、評判のことは一切言わず、鏡花をかばって連載を続けさせたのでした。

以来、鏡花は無名時代の自分を評価してくれた恩人である紅葉を、崇拝するかのように慕います。

29歳の時のこと。鏡花は硯友社の忘年会で知り合った、芸者・すずと恋に落ちます。

ふたりは同棲を始めますが、このことに紅葉が激怒。

『高野聖』で作家として認められつつあった鏡花。スキャンダルは命取り、と心配した紅葉は「紅葉門下が芸者風情を女房にすることは絶対に許さん!」「どうしても女房にする了見なら、師匠を捨てろ!」「だいたい芸者なんて、漬物もろくに漬けられないんだから！」（紅葉は漬物が大好き）と鏡花に迫り、ふたりはお互いを想いながらも、泣く泣く離別を決意します。

その1年後に紅葉は胃がんで亡くなります。明治を代表する大文豪の葬儀には多くの参列者が訪れ、弔辞は弟子代表の鏡花が読みました。

そしてその翌年、日露戦争の勃発とともに歴史がうねり始める中、鏡花はすずと一緒になります。

生前たったの1度も紅葉に抗することのなかった鏡花は、初めて師の教えを破ったのでした。

（出典）後藤宙外『田山花袋論』
田山花袋『東京の三十年』
里見弴『二人の作家』
登張竹風『鏡花の人となり』

第四章

谷崎潤一郎をめぐる複雑な恋愛をした文豪たち

谷崎潤一郎
佐藤春夫
永井荷風
江戸川乱歩
森鷗外

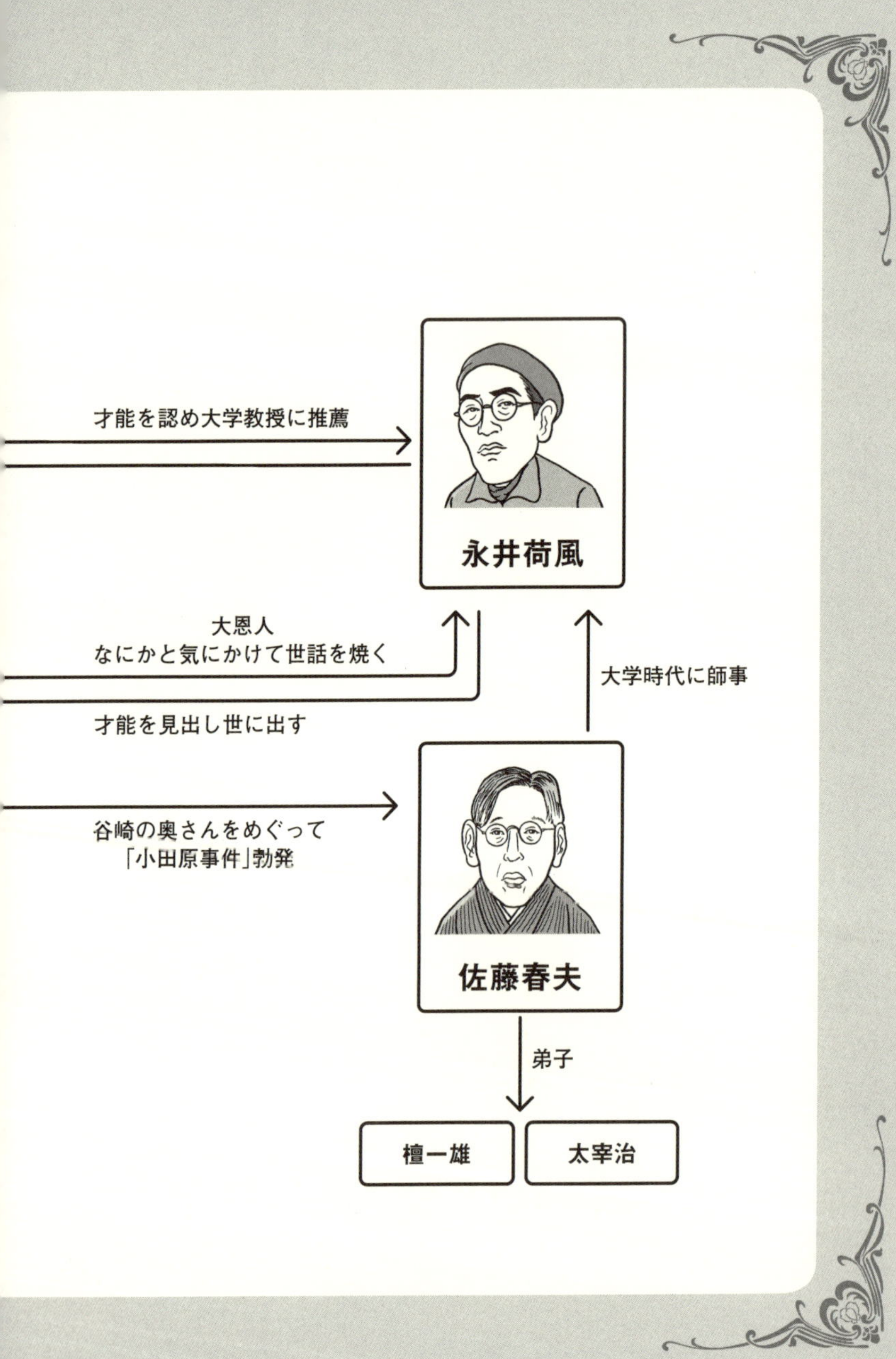
才能を認め大学教授に推薦
永井荷風
大恩人
なにかと気にかけて世話を焼く
大学時代に師事
才能を見出し世に出す
谷崎の奥さんをめぐって
「小田原事件」勃発
佐藤春夫
弟子
檀一雄
太宰治

【第四章　相関図】

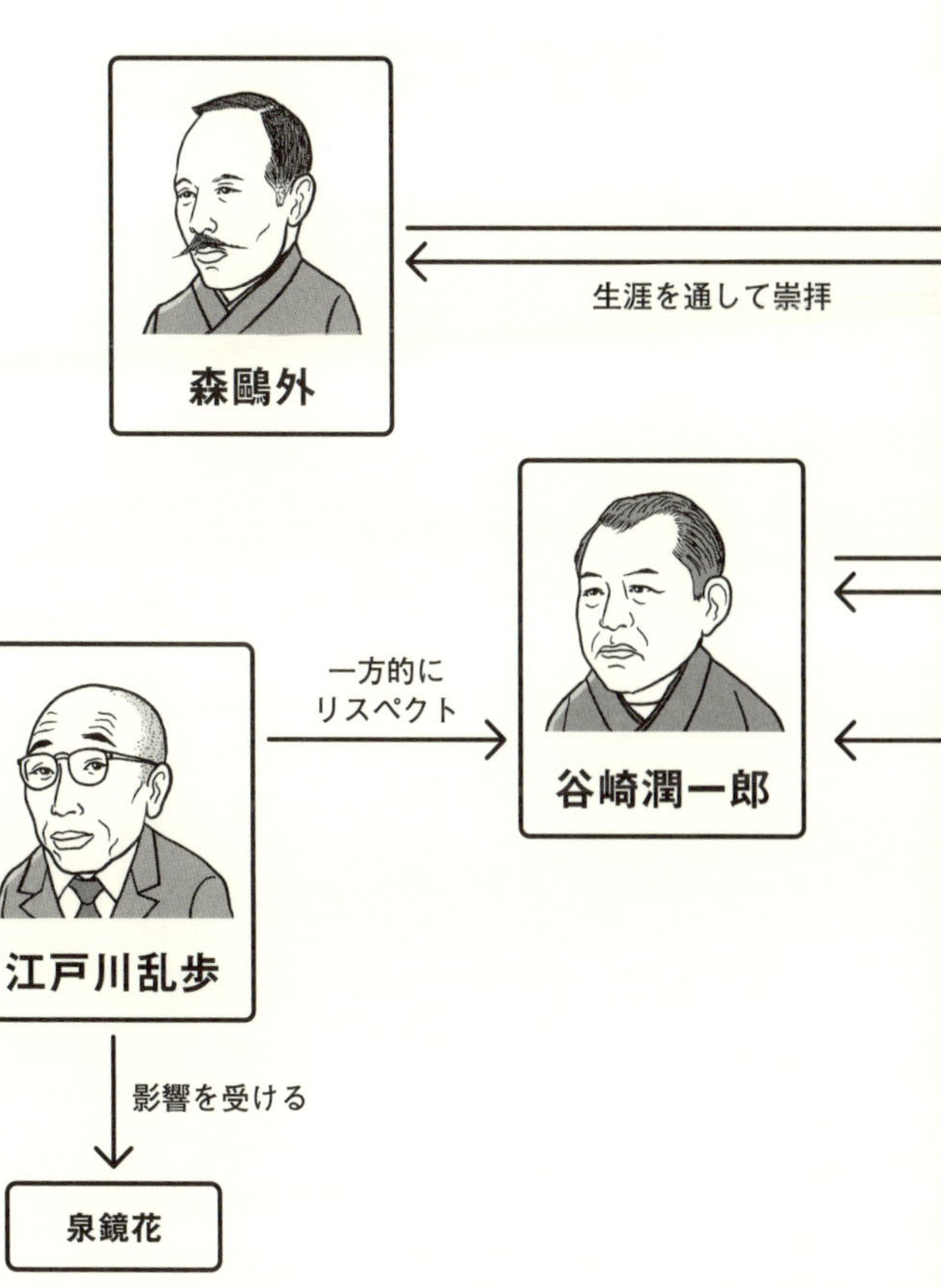

【谷崎潤一郎（たにざきじゅんいちろう）】

（1886～1965）

プロフィール

職業：小説家
本名：谷崎潤一郎
出身地：東京都
好きな文豪：永井荷風
趣味：フェティシズム全般

強く美しい女性に踏まれたい人

日本橋の商家の長男として生まれ、甘やかされて育った谷崎潤一郎は、乳母の付き添いなしでは学校にも行けない内気な少年に育つ。

母は性格の強い美人だったと言われ、その幼少期の環境が谷崎の精神形成に大きく作用したと言われている。

東京帝国大学国文科に進んだが、授業料未納により退学。この頃発表した作品が、永井荷風に激賞されて文壇デビュー。私生活でのスキャンダラスな女性関係を小説に盛り込むスタイルで、ベストセラー作家となる。

ノーベル文学賞候補に選ばれること7回、日本人で初めて米国文学芸術アカデミー名誉会員に選出され、「大谷崎」と呼ばれた。

代表作

『痴人の愛』（1924）

関東大震災後の西洋的風潮が生んだ、モダン・ガールの生態を描いた風俗小説。ナオミという少女に惚れた主人公が、少女の自由奔放っぷりに振り回されるけど「なんかいやじゃない」という話。

ナオミのモデルは最初の奥さんの妹・せい子で、主人公のモデルはもちろん谷崎潤一郎。ベストセラーになり、奔放な女性を表す「ナオミズム」という言葉が流行語となった。

『細雪（ささめゆき）』（1948）

谷崎の3人目の奥さんである松子とその妹たちをモデルに、古きよき日本の文化、美しい生活とその衰退の中で揺れ動く四姉妹の心の内を瑞々（みずみず）しく描く。

戦時下の日本の時勢にそぐわないと検閲に引っ掛かり連載中止になるも、こっそりと書き続け、空襲があるたびに原稿を抱えて避難した。

執筆に6年を費やし、完成したのは終戦後の1948年。

谷崎潤一郎、佐藤春夫に奥さんを譲渡するも、「やっぱり返して」と言い出す。(「小田原事件」)

貞淑で従順な奥さん・千代との結婚生活に、どこか物足りなさを感じていた谷崎。そんな折、奥さん千代の妹・せい子の面倒を谷崎家で見ることになる。せい子は谷崎の奥さんと正反対の性格で、奔放でわがまま、谷崎にも平気で口答えするような女で、谷崎はせい子のことを「野獣のような女」と言いながらも、「でもなんか、好きかも……」とすっかりM心を刺激され、恋に落ちてしまいます。ちなみに当時谷崎35歳で、せい子15歳……。

谷崎が自分の妹を想っていることを知って塞ぎ込む奥さん・千代。そんな千代を不憫に思ったのが谷崎の友人・佐藤春夫。千代への憐憫はやがて好意に変わり、ふたりは恋仲になります。

佐藤と千代の関係を知った谷崎は「俺、せい子のこと好きだし、ちょうどいいや」と、佐藤に千代を譲ることを約束し、意気揚々とせい子に求婚したところ、「え？ おじさんなに言ってんの?」とあっさりフラれる。

その後、「せい子にフラれたから、やっぱ奥さん返して」と言い出した谷崎に佐藤春夫が激怒し、絶縁状態に。これが世に言う「小田原事件」の全貌です。

（出典）瀬戸内寂聴『つれなかりせばなかなかに』

「小田原事件」から9年後に勃発！
谷崎潤一郎、「細君譲渡事件」！

「小田原事件」で絶縁状態になった谷崎と佐藤だったが、のちに和解することになり、谷崎は千代と離婚して20歳年下の2人目の奥さんをもらい、佐藤はとうとう千代を妻に迎え入れることに。

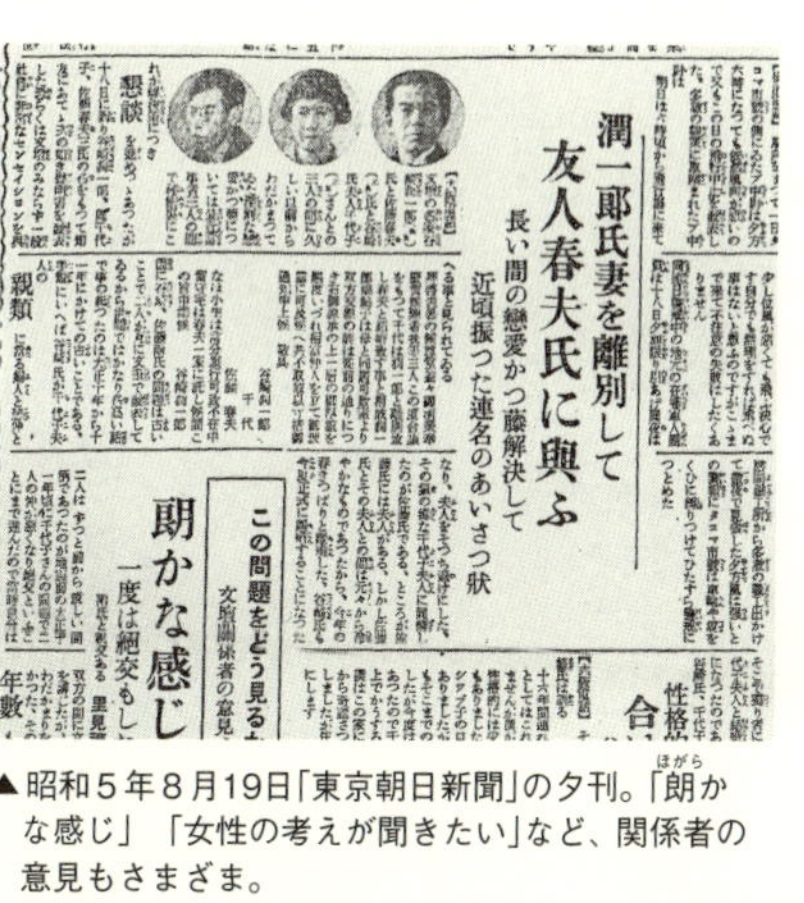

潤一郎氏妻を離別して
友人春夫氏に與ふ
長い間の戀愛かつ藤解決して
近頃振つた連名のあいさつ状

この問題をどう見るか
文壇関係者の意見

朗かな感じ
一度は絶交もし

親類

年数

▲昭和５年８月19日「東京朝日新聞」の夕刊。「朗(ほがら)かな感じ」「女性の考えが聞きたい」など、関係者の意見もさまざま。

３人が連名で出した「私たち３人は相談して、千代は谷崎と離婚し佐藤春夫と再婚することにしました。でも、谷崎と佐藤はこれからも仲良しでやっていくんで、みんなその辺よろしく。いずれ仲介人を立てて正式発表するけど、とりあえず先に言っときます」みたいな感じの声明文は、新聞トップを飾り、「細君譲渡事件」と呼ばれて大いに世間を騒がせた。

９年間の想いを成就させて死ぬまで千代と寄り添った佐藤はいいとして、このあと2番目の奥さんにすぐ飽きて不倫に走る谷崎、おまえ……。

（出典）瀬戸内寂聴『つれなかりせばなかなかに』

すぐドMな手紙を出して女性を困惑させる谷崎潤一郎。

2人目の奥さんとなる丁未子(とみこ)に宛てた手紙では、

「私の芸術は実はあなたの芸術であり、私の書くものはあなたの生命から流れ出たもので、私は単なる書記生に過ぎない。私はあなたとそういう結婚生活を営みたいのです。あなたの支配の下に立ちたいのです」

とまで書いておきながら、その丁未子に飽きて不倫していた大阪の豪商の奥さん・松子に送った手紙では、

「御寮人様(ごりょうにん)(若奥様の意)の忠僕として、もちろん私の生命、身体、家族、兄弟の収入などすべて御寮人様のご所有となし、おそばにお仕えさせていただきたくお願い申し上げます」

と完全に下僕宣言し、

「御気に召しますまで御いぢめ遊ばして下さいまし」

としたため、「従順」から1文字取って「順市」と署名した谷崎潤一郎。

さらに松子の前夫とのあいだの長男の嫁(ややこしい)の千萬子(ちまこ)には「薬師寺の仏の足

の石よりもきみが刺繍の履の下こそ」という歌を贈っている（「仏の足に踏まれるより、あなたに踏まれたい」という意味）。

実際、谷崎は千萬子に頭を足で踏んでほしいと頼んでいて、

「話をしている最中に突然、まるで五体投地のように目の前にばたっとひれ伏して、頭を踏んでくれと言われたのです」

と千萬子が書き残している。

この時、谷崎すでに70歳過ぎで、千萬子は20代。

で、そんな谷崎のあれこれを雑誌に書いた娘の鮎子には「許しもなく、父のこといろいろ書かないで」と手紙を送る谷崎なのでした。

（出典）渡辺千萬子『落花流水』

【佐藤(さとう)春夫(はるお)】

（1892 ～ 1964）

プロフィール

職業：小説家・詩人
本名：佐藤春夫
出身地：和歌山県
好きな文豪：与謝野鉄幹・晶子
趣味：油絵

門弟3000人を抱えた大作家

由緒ある医者の家系に生まれる。

中学校在学中から文芸雑誌に詩を投稿し、この頃から文学者を目指すようになる。世話になっていた与謝野鉄幹に推薦状を書いてもらい、永井荷風が教授を務めていた慶應義塾の予科に入学。

詩や散文では食っていけず、画家への転向も考えながら、神奈川県の田園地帯に隠棲していた体験をモチーフに書いた『田園の憂鬱』が、谷崎潤一郎に評価され一躍有名作家に。

井伏鱒二、太宰治、檀一雄、遠藤周作などをはじめ「門弟3000人」と言われるほど多くの弟子を持ち、芥川賞選考委員にも選ばれた。

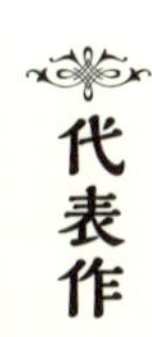

代表作

『田園の憂鬱』（1919）

武蔵野に移り住んでいた頃の体験をもとに執筆。

田舎でぼんやり暮らしたくなって引っ越してみたら、近所付き合い大変だし、虫多いし、雨ばっかりだし、夜の音も怖い。だんだんと精神を病んでいく主人公。タイトルに偽りなし。

『この三つのもの』（1923）

赤木清吉は、友人・北村荘一郎にないがしろにされている夫人・お八重に同情するうちに、永遠の恋に落ちてしまう。「細君譲渡事件」として世に知られた佐藤と谷崎、千代との三角関係を題材に、10年におよぶ愛の軌跡の全貌を辿る。と言いつつ、未完で終わる。

『小説　永井荷風伝』（1960）

師と仰いだ永井荷風との交流や逸話、そして佐藤視点による永井荷風作品論。

この作品を読んだ評論家が荷風論について反論すると、「たしかに私の解釈は空想にすぎないかもですけど、だからこそ『小説』って銘打ってるんですけど」と一蹴した。

佐藤春夫16歳、学術演説会で披露した演説で無期停学になる。

新宮中学5年生の夏休みのこと。

佐藤春夫は地元の医師・大石誠之助に頼んで、与謝野鉄幹、石井柏亭（はくてい）、生田長江（ちょうこう）らを招き、「学術演説会」を開催した。

尊敬する諸先輩方が演説する中、テンションの上がった佐藤は「俺にもやらせろ！」と突発的に演説開始。

文学論について演説しているつもりの佐藤だったが、「教育の害悪！」とか「革命が〜！」とかヒートアップしっぱなしの様子を見た学校側に「社会主義思想の危ないヤツ」扱いされ、のちに校内で起こったストライキ騒動や放火事件でも、「アイツが首謀者にちがいない」と言われて無期停学処分に。

その後、この時学校側に猛抗議してくれた与謝野鉄幹らを頼って上京し、文壇の道へと繋がっていくのでした。

法政大学の校歌を作詞することになった佐藤春夫、作曲家の近衛秀麿と大喧嘩。

1929年、当時の法政大学で「大学のさらなる発展拡充」を目指す一環として、「新しい校歌を作ろう」という話が持ち上がり、応援団の学生が中心となって「新学生歌作成準備委員会」が設立された。

学生の投票により、作詞は、法政大学の予科講師だった佐藤に、作曲は、作曲家として当時の日本オーケストラ界を担っていた近衛秀麿に決定。

しかし、学生委員が佐藤が書いた歌詞の第一稿を近衛に渡すと、「この音便では曲にならない」と言って近衛は作曲にかかってくれず、今度は佐藤にそのことを伝えると、佐藤は佐藤で

「プロならどんな詞でも曲を作るべき」とふたりのあいだで大論争に。

困ったのは新校歌の完成を急ぐ学生委員。なんとしてでも六大学野球リーグに間に合わせたい学生委員はふたりに直接会談してもらう場を設けた。そして、帝国ホテルで懇談したふたりは和解することになり、新校歌はなんとか1番まで完成。

その後、学生委員は、まだできあがっていなかった2番の歌詞作成を佐藤に依頼するが、佐藤が和歌山に帰郷してしまっていたためなかなか思うようには進まず、一方、校歌のシンフォニーの作曲が遅れていた近衛はヨーロッパ旅行へ出発してしまう。

1931年になんとか2番も完成した新校歌だったが、紆余曲折ありすぎて準備委員会が発足してから1年以上が経過していた。

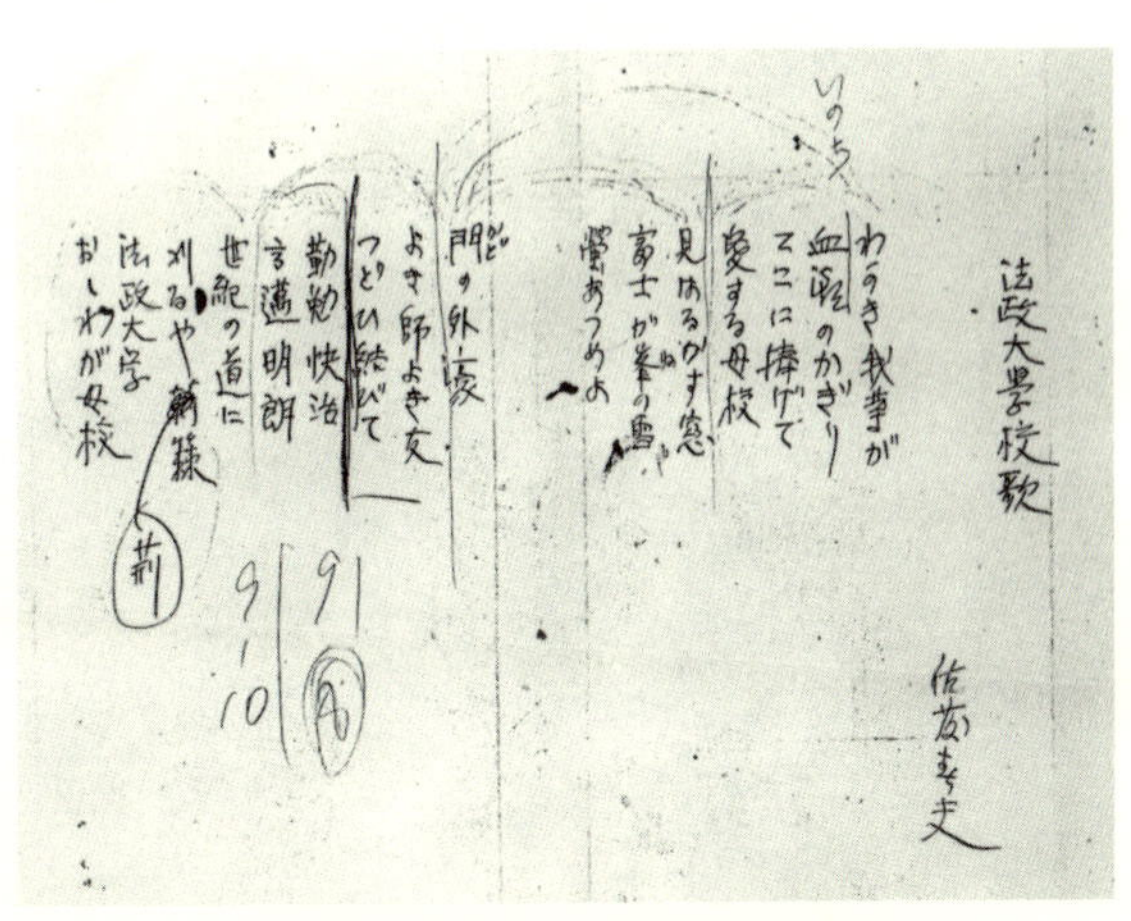
法政大学校歌
佐藤春夫

▲佐藤が近衛に渡した最初の歌詞原稿

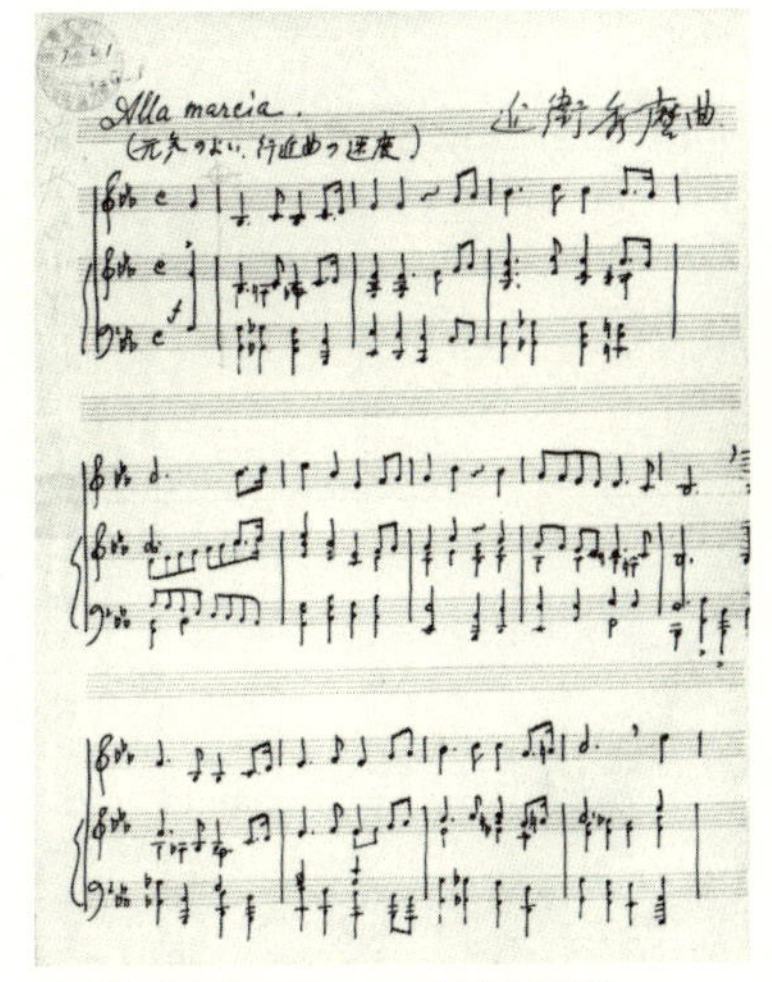

▲近衛秀麿筆と言われる新校歌楽譜

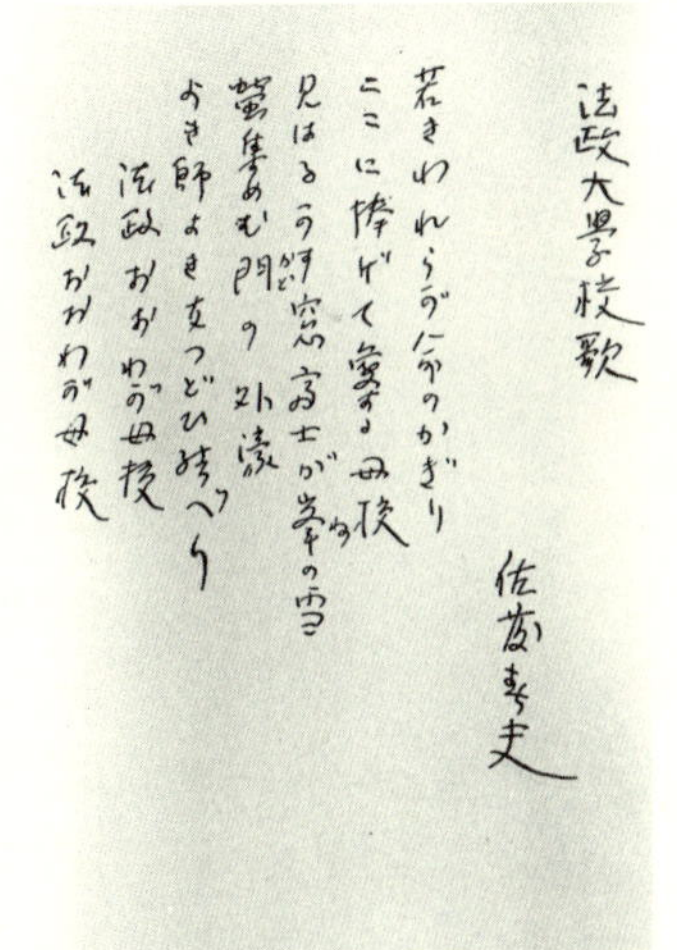
法政大学校歌
佐藤春夫
若きわれらが命のかぎり
ここに捧げて愛する母校
見はるかす窓富士が峯の雪
蛍集めむ門の外濠
よき師よき友つどひ結べり
法政おおわが母校
法政おおわが母校

▲佐藤春夫自筆の新校歌歌詞

(提供)法政大学史委員会

【永井荷風（ながいかふう）】

（1879 ～ 1959）

プロフィール

職業：小説家
本名：永井壮吉
出身地：東京都
好きな文豪：森鷗外
趣味：覗き

偏奇を貫いてひたすら遊郭通い

父が内務省に勤務するエリート官僚だった永井荷風は、超おぼっちゃん。

芝居好きな母親の影響で歌舞伎や邦楽に親しみ、12歳より漢学や日本画などを学ぶ。

22歳の頃に書いた『地獄の花』が森鷗外に絶賛されるも、父の意向で実業を学ぶべくいやいやながら渡米。ニューヨークやワシントンの日本大使館などで働く。

29歳の時『あめりか物語』がヒットし、森鷗外の推薦で慶應義塾大学の主任教授に。雑誌「三田文学」を創刊し、まだ新人作家だった谷崎潤一郎を見出した。

1952年に文化勲章を受章し、翌年に日本芸術院会員に選ばれてもなお遊郭通いはやめなかった。

代表作

『あめりか物語』（1908）

約4年間のアメリカ滞在体験をもとに書かれた短編集。明治の時代、誰もが外国へは行けなかった時代の、日本人が見たアメリカの姿。もちろん売春街のこともきっちり書きます。

『断腸亭日乗』（1917年以降の日記）

37歳から死の直前まで書かれた日記で、読書や音楽や芸術、森鷗外の死、関東大震災、谷崎の離婚、言論統制などのまじめなことから、「たまった原稿を川に不法投棄したら警察が来た」など、なんでも書きます。

『濹東綺譚（ぼくとうきだん）』（1937）

墨田区玉の井の娼館に入りびたっていた経験をもとに書かれた、荷風の最高傑作とも名高い小説。主人公の小説家と、玉の井の娼婦との出会いから別れを、季節の移り変わりとともに美しく描く。

３６５日毎日同じものを食べていた永井荷風。

荷風が亡くなる間際まで書き続けた日記には、「正午浅草」という記述が毎日書かれている。

これは「浅草で昼食をとった」という意味で、荷風は１年３６５日毎日同じ店で「かしわ南蛮そば」を食べていた。

毎日お店に来ては一言もしゃべらず、食事が済んだらテーブルにお勘定の小銭を置いて帰る荷風に対してお店では、

「変なじーさんが毎日来るけど、注文は聞かなくていいから、かしわ南蛮を出すこと」

と言われていた。

そんな荷風が初めて店員さんに話しかけたのが、「お手洗いはどこ?」。

そのお手洗いで荷風は倒れ、のちにお店の人たちは、荷風の訃報を新聞で知ることとなったのでした。

永井荷風、全財産を入れたボストンバッグを紛失する。

「私はお金を貯めていたからこそ、戦時中の10年間1枚の原稿も売れず、1文の印税収入もない時代に、他人に頭ひとつ下げないで思いどおりの生活ができたのです」という荷風は、筋金入りのドケチで、部屋にはハダカ電球ひとつしかつけず、「火鉢があれば十分」と家にガスも引かず、文化勲章を受章した時も「勲章はいらないけど、年金がついているのでもらっとく」と言う。

そんな荷風は、いつも使っているボストンバッグに、土地の権利証、預金通帳、小切手など全財産を入れて持ち歩いていた。

しかし荷風75歳の時、なんとこのボストンバッグをまるまる紛失！

通帳に入っていた金額は約1700万円、小切手が約500万円分、その他現金合わせて現在の価値に換算すると約8億円。

さいわい荷風のボストンバッグは警察に届けられていて手元に戻ってきたが、この一件で荷風の全財産が知れ渡ってしまい、荷風のもとには借金の申し込みや保険の勧誘が殺到した。

お金の使い方を間違っている永井荷風。莫大な印税を使って、覗き部屋を作る。

若い頃から浅草に通い、芸妓や遊女と遊んでいた荷風。

33歳の時、父の勧めで材木商を営む大会社の令嬢と見合い結婚をするも遊女遊びがやめられず、すぐ離婚。

その後、新橋の芸妓と再婚するも、やっぱりすぐ離婚。

結婚は向かない、独り身の方がなにかと楽だ、という荷風。

恋愛の相手も娼婦やストリッパーなど夜の女ばかりで、付き合ったその日から別れる時の手切れ金のことを考えていた。

「人生に三楽あり、一に読書、二に好色、三に飲酒」と日記に記している通り、毎日のように浅草に通い、ストリップ小屋や私娼窟に出入りするようになる。

そのうちそれだけでは満足できなくなり、とうとう私財を投じて自分で娼屋を作ってしまう。

さらにはなんと壁に覗き穴を作って、毎晩のように覗きを楽しむ荷風先生。お金の使い方、なんかおかしい。

【江戸川乱歩（えどがわらんぽ）】

（1894～1965）

プロフィール

職業：小説家
本名：平井太郎
出身地：三重県
好きな文豪：谷崎潤一郎
趣味：男色研究

執筆に行き詰まっては放浪しちゃう、困った推理作家

学校嫌いで仮病を使っては学校を休み、本を読んだり空想したり、不まじめな小学生時代を過ごす。

早稲田大学卒業後は貿易会社に就職するも、持ち前の飽き性と人間嫌いを発動して1年もしないうちに無断で辞め、お金が尽きるまで伊豆の温泉宿に引きこもる。その後は20以上の仕事を転々とし、探偵事務所で働いていたこともあった。

短編推理小説『二銭銅貨』で作家デビューし、エドガー・アラン・ポーにちなんでペンネームを江戸川藍峯（ランボウ）、のちに江戸川乱歩とする。日本推理作家協会設立の中心人物であり初代会長でもある。

代表作

『パノラマ島奇談』（1926）

谷崎潤一郎の『金色の死』に影響を受けて書いた作品。

推理小説でもあり、幻想小説としても高い評価を受ける。

圧倒的にグロテスクで、幻想的かつ禍々（まがまが）しい魅力は乱歩の真骨頂。

『芋虫』（1929）

四肢を失って戦争から帰ってきた夫と妻のお話。

発表当時は伏せ字だらけで、太平洋戦争が近くなると検閲も厳しくなり発禁処分となった。

乱歩の奥さんが「いやらしい……」と評し、馴染みの芸妓たちが「ご飯が食べられなくなります……」とこぼした問題作。

全然原稿を書かず、ただただ三味線が上手なおじさんになっていく江戸川乱歩。

長編小説の構想をまとめるのが苦手だった乱歩は、見切り発車で連載を始めては行き詰まって休載することもしばしばであった。

「東京朝日新聞」で連載していた『一寸法師』は「なんか違う。納得いかない」と休載を宣言し放浪の旅に出てしまう。

「新青年」という雑誌に連載していた『悪霊』は「犯人はこの中にいる！」まで書いたところでどうしても結末が思いつかず、麻布のホテルに滞在して続きを書こうとするも結局なにもしないで半月ほど過ごしたうえ、「探偵小説の神様に見放されました」と謝罪文を出して打ち切った。

そんな乱歩は、「西洋にはピアノを弾きながら小説の構想を練る作家がいる」と聞いて、自分は三味線でやろうと稽古を始める。結果、三味線はめちゃくちゃ上達したものの、特に原稿は書かず、ただただ三味線が上手なおじさんになり、作家として生きた31年間のうち半分以上の17年は休筆していた。

（出典）日本経済新聞『私の履歴書』
江戸川乱歩『探偵小説三十年』

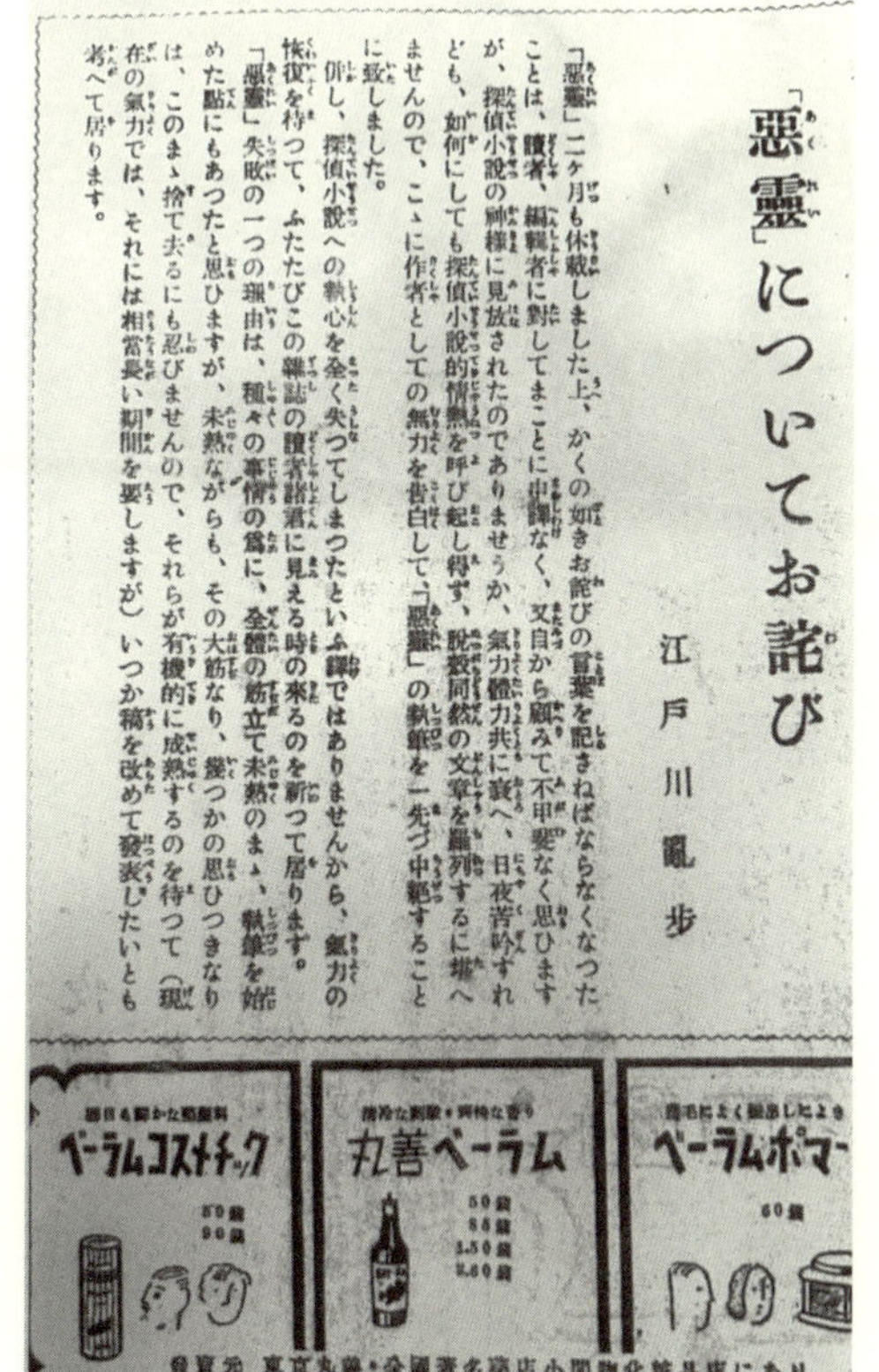

75　――惡靈についてお詫び――

「惡靈」についてお詫び

江戸川亂步

「惡靈」二ケ月も休載しました上、かくの如きお詫びの言葉を記さねばならなくなつたことは、讀者、編輯者に對してまことに申譯なく、又自から顧みて不甲斐なく思ひますが、探偵小說の神樣に見放されたのでありませうか、氣力體力共に衰へ、日夜苦吟すれども、如何にしても探偵小說的情熱を呼び起し得ず、脫殼同然の文章を羅列するに堪へませんので、こゝに作者としての無力を告白して、「惡靈」の執筆を一先づ中絕することに致しました。

併し、探偵小說への熱心を全く失つてしまつたといふ譯ではありませんから、氣力の恢復を待つて、ふたたびこの雜誌の讀者諸君に見える時の來るのを祈つて居ります。

「惡靈」失敗の一つの理由は、種々の事情の爲に、全體の筋立て未熟のまゝ、執筆を始めた點にもあつたと思ひますが、未熟ながらも、その大筋なり、幾つかの思ひつきなりは、このまゝ捨て去るにも忍びませんので、それらが有機的に成熟するのを待つて（現在の氣力では、それには相當長い期間を要しますが）いつか稿を改めて發表したいとも考へて居ります。

▲「新青年」昭和９年４月号に掲載された謝罪文「『惡霊』についてお詫び」

BL作品顔負けの小説を書いた江戸川乱歩、初恋の相手は男の子だった。

主人公の男ふたりが「嫌いにならないで」「この気持ちをわかっていてくれるだけでいい」と本筋そっちのけでいちゃいちゃする元祖ボーイズラブ『孤島の鬼』を書き、古本屋で男色文献を買い漁っては同好の友人と「こんないい本あったよ!」「こっちはこんなすごいの見つけたよ!」と報告し合い、ゲイバーにも足繁く通っていた乱歩の初恋は15歳の頃だそう。

乱歩曰く、

「まあ初恋といっていいのは、十五歳(かぞえ年)の時でした。中学二年です。お惚気(のろけ)じゃありません。相手は女じゃないのだから。それが実にプラトニックで、熱烈で、僕の一生の恋が、その同性に対してみんな使いつくされてしまったかの観があるのです。ラブレターの交換や、手を握り合えば熱がして、身体が震え出したものです」

現場からは以上です。

(出典) 江戸川乱歩『乱歩打明け話』

人間嫌いだった江戸川乱歩、人嫌いを克服する。

小さい頃から人嫌いで、学校にもあまり行かなかった乱歩。

「学校は地獄であった」と言い、「会話を好まず独りで物を考える、よくいえば思索癖、悪くいえば妄想癖が幼年時代からあり、大人になってもそれがなおらなかった」「たとえ、どんな素晴らしいものでも二度とこの世に生れ替って来るのはごめんです」とまで言った、厭世観たっぷりの乱歩。

そんな人嫌いの乱歩は、ある日、町内会で「昼間ひまそうだから」という理由で防災訓練長に任命される。

当初は困惑していた乱歩だったが、防災訓練もやってみるとなんだかだんだん楽しくなってきて、童心に返ったような気持ちで活発に活動していると、町会長の目にとまり、「君やる気あるねぇ～」と気に入られて町会役員に抜擢され、さらに翌年には町会副会長にまで出世。気づいたら若い衆を引き連れて飲み歩くようになり、パンパンに膨れ上がった財布を使い果たすまで帰らないので「江戸川乱費」ってあだ名までつけられ、すっかり人間大好きに。

（出典）江戸川乱歩『探偵小説四十年』

【森鷗外】

（1862～1922）

プロフィール

職業：小説家・翻訳家・陸軍軍医
本名：森林太郎
出身地：島根県
好きな文豪：上田敏
好きなもの：饅頭茶漬け

陸軍軍医のトップでもあり文壇の重鎮

1862年、代々医者の家系である森家の長男として生まれる。

祖父と父が婿養子だったため、久々の直系の跡継ぎということで期待された鷗外は、幼い頃から『論語』や『孟子』、オランダ語といった英才教育を施され、10歳のときに父とともに上京し、ドイツ語を学び、東京大学予科に最年少12歳で入学。大学で医学の勉強をしつつ、この頃から漢詩や漢文に興味を持ち、和歌を作ったり、文学に興味を持つようになる。卒業後は、衛生学の研究のためドイツに留学し、この時の経験をもとに書いた小説『舞姫』が話題となる。

代表作

『舞姫』（1890）

ドイツで任官するエリート官吏と、街で出会った舞姫・エリスとの出会いから別れを描いた短編小説。鷗外のドイツでの体験がもとになっており、実際に鷗外は交際していたドイツ人女性を捨てて帰国し、日本まで追いかけてきた彼女を追い返している。

『ヰタ・セクスアリス』（1909）

タイトルのラテン語は日本語に訳すると「性欲的生活」で、性欲について書かれた鷗外の私小説。

哲学を勉強する主人公が、夏目漱石の『吾輩は猫である』に触発されて、自分もなんか書いてみようと自身の性体験を書いていくお話。子供の頃に見た春画の話とか、いやらしい本を見ていた近所のおばさんの話とか、男子寮で男に迫られた話とか、大体なんてことない話なのにタイトルだけで発売禁止処分になった作品。

森鷗外、プライドが高すぎてなかなか帽子が買えない。

プライドの高い鷗外は、帽子屋さんで帽子を買う時も一苦労。人よりも頭が大きかったため、自分のサイズに合う帽子がなかなか見つからない。店員さんが出してくれる帽子はどれもサイズが合わず入らないが、ここでもプライドが邪魔をして「もっと大きいサイズをくれ」とは言えず、「もっと上等なの、ある？」みたいに濁して言うもんだから、ただただ値段の高い帽子しか出てこず、何軒も帽子屋を回るはめに。そんな中やっと自分に似合う帽子を見つけて買って帰るが、家に帰ってよく見たら、自分が以前に売り払った帽子だったとか。

（出典）森茉莉『父の帽子』

細菌学を学んだ森鷗外、潔癖症になる。

ドイツ留学時に最新の細菌学を学んだ鷗外は、「湯船にどれだけの菌がいるか」を想像してお風呂に入れなくなり、いつも風呂桶に溜めたお湯でちゃぷちゃぷと体を洗っていた。

また、食品の菌を恐れ野菜や果物は火を通したものしか口にせず、出先で出されたお弁当は卵焼きと漬物だけ食べて残りは捨ててしまい、「西洋料理などでドロドロにしているものなどは、あれは多くの人の手を経ているから菌が多く食い付いている。あんなものを食べるとおなかを壊す」と言って一切食べなかった。

そんな鷗外の好物は、あつあつご飯の上に饅頭を乗せてお湯をかけて食べる「饅頭茶漬け」。特に葬式饅頭を使ったものが美味いらしく、家族の誰かが葬式に行くとウキウキとしながら帰りを待ち続けたとか。

（出典）神谷初之助『帝室博物館長としての森先生』

コラム

「文壇イチの女好き・谷崎潤一郎と、文壇イチの変わり者・永井荷風」

現実をありのままに描こうとする自然主義文学の隆盛に抗うようにして、耽美的な小説を次々と世に送り出した谷崎潤一郎は、ノーベル文学賞に何度もノミネートされる大天才でしたが、私生活はなにかと醜聞が多く、若い頃から、お世話になっていた住み込み先の女中に手を出して追い出されたり、従兄の奥さんに手を出して縁を切られたりと、色恋沙汰エピソードの数は文豪随一です。

特に「知的で気の強い女性」が大好物な谷崎は、家庭的でよくできた最初の奥さん・千代に対して「結婚ってこんなもん？　なんか退屈だ」と思うようになり、あろうことか奥さんの妹・せい子に手を出してしまい、のちに世間を大いに騒がせた「小田原事件」に繋がっていきます。

その後、もともと谷崎のファンだったという古川丁未子と結婚しますが、それとほぼ同時に大阪の豪商の奥さんである松子と出会います。「知的で気の強い女性」だった松子に惚れてしまった谷崎は、松子に宛てた300通近い手紙の中で「私を下僕にしてください」と猛アプローチし、さらにはなんと松子の家の隣に引っ越してしまいます。２番目の奥さんだった丁未子は、そんな谷崎にうんざりして、「あなたたちの幸福のために離婚してあげるわ」と言って別れ、松子と谷崎はめでたく？　結婚することになったのでした。

「小田原事件」のもうひとりの登場人物である佐藤春夫は、谷崎とは正反対の性格でまじめで一本気な男でした。

佐藤は『田園の憂鬱』を谷崎に評価されて世に出た作家で、それ以来お互いに尊敬し合っていたふたりでしたが、「小田原事件」の一件で絶縁状態となってしまいます。

佐藤はこの「小田原事件」から「細君譲渡事件」までの顚末を『この三つのもの』と題して小説にしますが、結局未完で終わってしまいます。千代への愛情と苦悩を抱えながらも、一度はお互いの才能を認め合った谷崎との友情を忘れることができず、佐藤は『この三つのもの』を結末まで書くことができなかったのでした。

谷崎の初期作品『金色の死』を読んで作家を志した青年がいました。

推理小説の大家と言われる江戸川乱歩、その人です。当時の文壇にあって「谷崎信者」と言われる作家は多くいましたが、江戸川乱歩もそのひとりで初期の頃から谷崎作品を愛読していました。

コラム

実は乱歩は谷崎の『途上』という作品に影響を受けて書いた作品があることを認めています。『途上』は谷崎が1920年に書いた作品で、夫が証拠を残さずに妻を殺そうといろいろと手段を講じるサスペンスものでしたが、その巧妙さに感じ入った乱歩はこの作品をヒントに『赤い部屋』という作品を書いたといいます。

谷崎に心酔していた乱歩は思い切って「ファンです！ 色紙ください！」と連絡したり、谷崎と対談したくてあらゆるツテを使ったりしますが、相手は女にしか興味がない谷崎、結局ひとつも実現しなかったのでした。

谷崎の作品について、「これは新しい芸術だ」と、その才能を最初に激賞したのが永井荷風という作家でした。

荷風は自身が創刊した雑誌「三田文学」に谷崎の作品を載せ、谷崎はこれを足掛かりに文壇にゆるぎない地位を築いていくことになります。

さらに佐藤春夫にとっても荷風は恩師で、佐藤は慶應義塾大学で教鞭をとっていた荷風のもとで学び、『永井荷風読本』の編集にも携わっています。

そんな荷風は極端に人嫌いなことで有名で、ペンキ塗りの洋風二階建ての家を麻布に新築し、偏奇館と名づけて暮らし始めます。

偏奇館の主人となった荷風は、新聞はとらず、門を閉ざし、窓も閉め切って誰とも会わず、ご近所はもちろん、親類縁者とも一切付き合わない。中でも新聞、雑誌記者の類をいちばん毛嫌いしていました。

出版社の編集部員が偏奇館に来ようものなら、「主人はただ今、留守でございます」と使用人のふりをし、「え? いや、荷風先生ですよね?」と編集部員が言うと、「違います。私はただの留守番です。先生はただ今お留守です」と眉ひとつ動かさず言い張ります。「えーと、じゃあ先生がお帰りになられたらお伝えください」と言われると、「はっ! かしこまりました!」と、見え見えの芝居を続けます。

「そろばんも、字も読めないような人こそを愛した。そうした人は自分を利用しないし、特別扱いもしない」と言う荷風は、学のある人間が大嫌いで、まともな付き合いがあるのはストリッパーや夜の女ばかり。毎日のように浅草に通い、女色に耽溺する生活の中で『濹東綺譚』や『踊子』など、時代の風俗や女たちをリアルに描き出す名作を多数生み出します。そして73歳で文化勲章を受賞したあとも、トレードマークのボストンバッグを携えて、浅草に向かうのでした。

そんな荷風が尊敬してやまなかったのが、森鷗外という作家でした。

コラム

『地獄の花』が鷗外に絶賛されたことで世に出た荷風にとって、鷗外は父のような存在で、鷗外もまた、大学を出ていない荷風を慶應義塾大学文学部の教授に推薦するほどに、その才能を認めていました。

あの人嫌いな荷風が、鷗外に初めて会った日のことを「鷗外先生が笑顔で話しかけてくれた！　僕の作品を読んでくれていた！　未来がぱあっと明るくなった気分だ！」と興奮気味に書き残し、鷗外が亡くなったあともひとり三鷹の禅林寺に通い、鷗外の墓の掃除をしていたのでした。

荷風は「どの月でもいいから九日に死にたい。観音さまにいつも祈っているよ。」と言い、それは崇拝する鷗外の亡くなった日が9日だったからでしたが、その希望は叶わず、昭和34年4月30日に、荷風は誰にも看取られずに亡くなります。

独り逝ったその荷風の床には、敬愛する鷗外の本が開かれていたそうです。

（出典）瀬戸内寂聴『つれなかりせばなかなかに』
江戸川乱歩『プロバビリティーの犯罪』
永井荷風『断腸亭日乗』
永井荷風『書かでもの記』

第五章

菊池寛を取り巻く ちょっとおかしな文豪たち

菊池寛
直木三十五
川端康成
横光利一
梶井基次郎

困った奴だけど
なんか好き
「直木賞」を作る

直木三十五

「芥川賞」を作る

芥川龍之介

才能を見出しプロデュースする

恩人

生涯を通じて最大の親友

横光利一

【 第五章 相関図 】

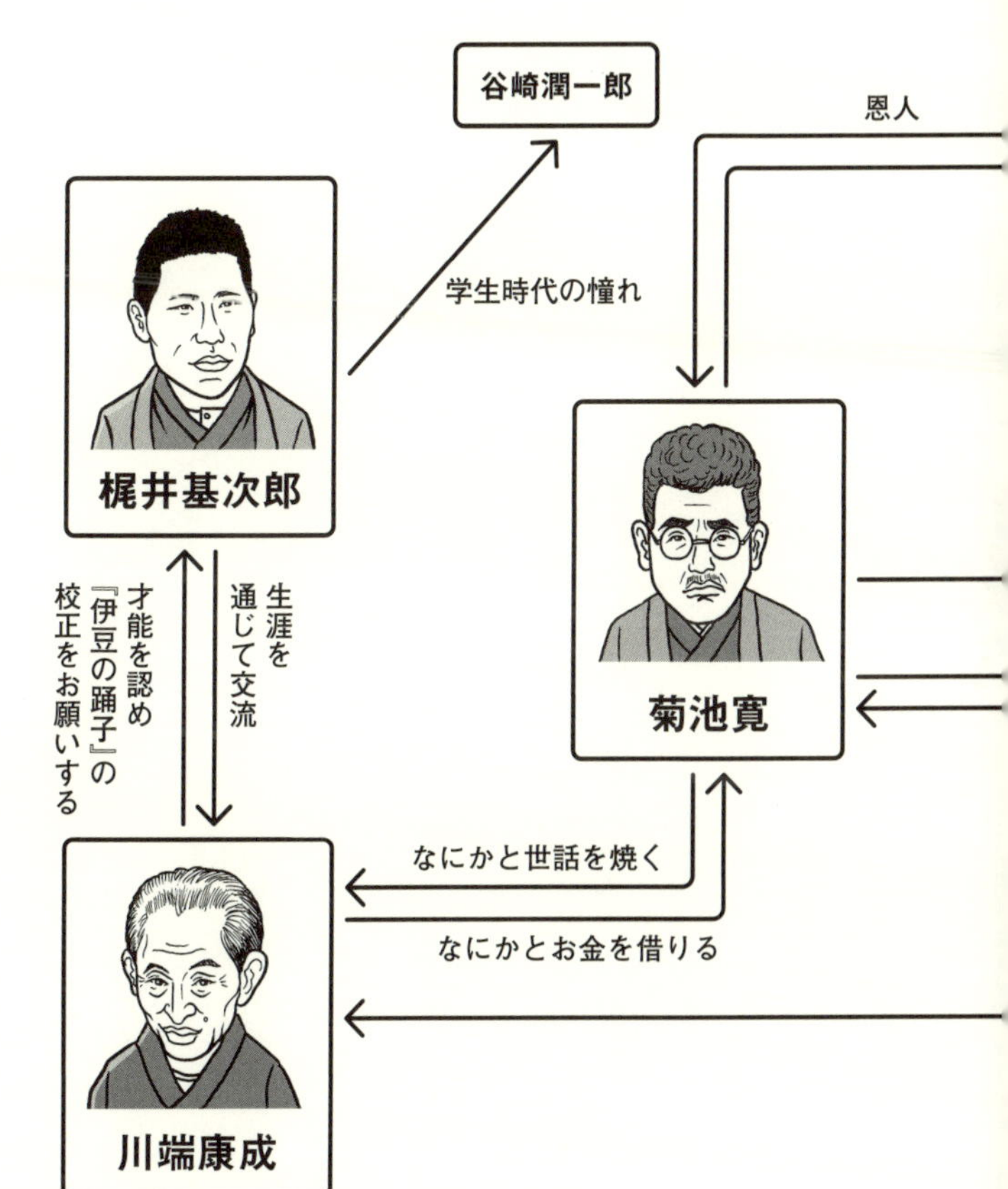

谷崎潤一郎
恩人
学生時代の憧れ
梶井基次郎
菊池寛
生涯を通じて交流
才能を認め『伊豆の踊子』の校正をお願いする
なにかと世話を焼く
なにかとお金を借りる
川端康成

【菊池寛（きくちかん）】

（1888～1948）

プロフィール

職業：新聞記者→小説家・実業家
本名：菊池寛（ひろし）
出身地：香川県
好きな文豪：芥川龍之介
趣味：ギャンブル全般

芥川賞、直木賞を設立した文壇の大御所

1910年、第一高等学校に入学。同期には、のちに親友となる芥川龍之介がいた。

その後、新聞記者を生業（なりわい）としながら芥川とともに夏目漱石の勉強会に出席し、「毎日新聞」に連載した『真珠夫人』がヒットして人気作家に。

若い作家の発表の舞台として雑誌「文藝春秋」を創刊したり、文芸と映画の親和性をいち早く見抜いて映画会社の社長に就任したりと、実業家としての才能も発揮。

文壇の活性化のために芥川賞、直木賞を設立し、ちゃっかり菊池寛賞も作っている。

怖い顔してるけど『フランダースの犬』を翻訳した人でもある。

代表作

『父帰る』（1917）

家庭を捨てて女と逃げ、20年ぶりに帰ってきた父親と、貧困と闘いながら父親代わりに家族を支えてきた長男との確執を1幕で見せる戯曲。

発表時はさほど注目されなかったが、舞台化をきっかけに注目された作品。

『真珠夫人』（1920）

菊池寛が「まずは売れること、芸術なんて二の次！」と、とにかく大衆ウケを意識して書いた通俗小説。

真珠のように美しく気高い男爵の娘・瑠璃子の、男と金と復讐の物語。

何度も映画化され、昼ドラにもなった大ヒット作。

菊池寛、友人の罪を被って第一高等学校を退学になる。（「マント盗難事件」）

第一高等学校の寄宿舎時代、菊池の友人の佐野という男がある女性と食事に行くことになり、一高のステータスであるマントを着て行きたいが、マントをとっくに質に入れてしまっていた佐野は、あろうことか他人のマントを無断で持ち出してしまう。

さらに、金のなかった佐野はこのマントを持ち主に返さず、「質に入れてきてくれ」と菊池に頼み、なにも知らず言われた通りにマントを質に入れた菊池は、マントの持ち主が盗難届を出したため学校から調べを受けることに。

「退学になったら親に申し訳がたたない」と佐野に泣きつかれ、「すべて自分がやった」と申し出る菊池。校長の新渡戸稲造は菊池の言葉を信じなかったが、頑なに真相を言わない菊池は、結局退学処分になってしまった。

その後、寄宿舎も追い出されて路頭に迷っていたところを、友人の父親である十五銀行副頭取の成瀬正恭がこの話を聞き、「彼をここで腐らせてはいけない」と菊池を自宅に引き取り援助することになったが、「菊池はズボラで風呂に入らない」と聞いていた成瀬の奥さんに、「毎日お風呂に入ること」とひとつだけ条件をつけられた。

「来月にもやめるかもしれない」と、菊池寛が気まぐれに出した雑誌、100年続く。

菊池寛が35歳の時に創刊した雑誌「文藝春秋」は、よその文芸雑誌の値段が1冊80銭〜1円の時代に1冊10銭と破格の安さなうえに、菊池の人脈を余すところなく発揮し、当時売れっ子作家だった芥川龍之介をはじめ、川端康成や直木三十五など気鋭の作家に寄稿させた創刊号3000部はまたたく間に売り切れ。その後も売り上げを順調に伸ばし、「特別創作号」と銘打った号は1万1000部の売り上げとなった。

一気に超人気雑誌となった「文藝春秋」は、社員を増やすべく公募を告知すると、なんと700名を超える応募があり、菊池は「麹町・春日町・雑司ケ谷・八重洲、これらの地名の由来を答えよ」とだけ出題して、解答できた人間は全員採用した。

社員が増えれば風紀も乱れる。いつも仕事中に将棋を指したり卓球をしたりして遊んでいた菊池を見習ってか、社員たちも毎日遊んでばっかり。さすがにこれはまずいと見かねた菊池は、「卓球・将棋禁止令」を出したが、この禁止令にいちばん苦しんだのも、いちばん最初に破ったのも菊池本人だった。

（出典）菊池寛『話の屑籠』

夜遊びを暴露された菊池寛、怒って中央公論社を襲撃する。

今も昔も、日本を代表する夜の街といえば銀座。これがいつから始まったのかというと、今から約100年前、銀座八丁目にできた「カフェー・プランタン」というお店がきっかけだった。フランスのパリでは、画家や作家などが「カフェー」に集い、日夜、芸術談義をしている、という話を聞いた松山省三という画家が、「東京にもそういった場所を作りたい！」と、銀座に「カフェー・プランタン」をオープンしたのであった。

カフェーといっても、今でいう「喫茶店」ではなく、「女給」と呼ばれた女性たちがお酒の相手をしてくれるお店で、永井荷風、森鷗外、谷崎潤一郎といった名だたる文豪たちもこぞって利用していた。

菊池も銀座のカフェーをこよなく愛したひとりで、毎晩のように派手に遊んで、女給たちに気前よくチップをはずむことで有名だった。

そしてある時、「婦人公論」に『女給』という作品が掲載される。

この小説には銀座のカフェーで働く女給・小夜子を口説く「太った文壇の大御所」と表現される男が登場するが、実はこの「太った文壇の大御所」とは、明らかに菊池をモデルにしたものであった。

菊池をモデルにした作家が、女給・小夜子をあの手この手で口説く『女給』は大いに話題になったが、菊池は「俺はこんな口説き方はしてない！　カフェーには行ってるけど！」と激怒し、中央公論社に抗議文を送る。

すると今度は、その抗議文が「僕と小夜子の関係」とタイトルまでつけて雑誌に掲載される。

菊池はさらに怒り、ひとりで中央公論社へ乗り込んで編集長を殴ってしまい、周囲の者に取り押さえられた。

結局この「中央公論社襲撃事件」のおかげで『女給』はベストセラーとなり、翌年には映画化され、主題歌「女給の唄」も大ヒットしてしまったのでした。

菊池寛、第1回直木賞作家の賞金をほとんど使い切る。

直木三十五と芥川龍之介という才能溢れた友人を相次いで亡くした菊池は、彼らの名前を後世に残すためにと、直木賞と芥川賞を作った。

受賞者に贈る賞品をなににしようかと悩んだ結果、時計と賞金500円（当時の平均月収は約60円）ということに決まったが、賞品の時計は毎度ギリギリに用意していたので、ロンジンだったりオメガだったりロレックスだったりと、その時に手に入るものが選ばれるため毎回バラバラだった。戦時中は時計が手に入らず、壺や硯（すずり）だったこともあった。

それでも、お金のない若手作家には大変ありがたいことだったが、第1回直木賞を受賞した川口松太郎が授賞式のあとに菊池にお礼を言いに行くと、「じゃあその賞金で、みんなで飲みに行こう！」と言われ、断れずにいるうちに、友人やお世話になった人、関係者とどんどん人が増えていった。最終的に100人くらいにおごる羽目になり、賞金500円のうち400円を使い切られてしまった。

【直木三十五（なおきさんじゅうご）】

（1891～1934）

プロフィール

職業：小説家・脚本家
本名：植村宗一
出身地：大阪府
好きな文豪：菊池寛
趣味：飛行機

「芸術は短く、貧乏は長し」直木賞になった作家

文学者を志して上京し、早稲田大学に入学するも学費滞納で退学に。

1930年に連載開始した『南国太平記』によって一躍流行作家となった。

直木三十五のペンネームは、31歳の時に三十一として以降、年齢を重ねるごとに三十二、三十三と改名し、35歳の時に「いい加減にしろ」と菊池寛に怒られて、直木三十五で定着した。

歴史小説からSF小説までマルチに手がけ、600篇以上におよぶ小説・雑文を書き、43歳で亡くなる。

その才能を惜しんだ菊池寛によって直木賞が設立された。

代表作

『南国太平記』（1931）

薩摩藩の世継ぎ騒動を中心に幕末の開戦前夜を描いた超大作で、チャンバラ、呪術、恋愛、陰謀などの要素が盛り込まれた、直木三十五得意のエンターテインメント時代小説。過去に10回も映画化された、大ヒット作である。

『日本剣豪列伝』（1941）

山岡鉄舟、宮本武蔵などのいわゆる「剣豪」の技や心意気を説いた伝記風物語。武士の精神や技術を、大衆文学を多く書いてきた直木ならではの視点でわかりやすく解説。

直木三十五は、大学をクビになっても通い続け、ちゃんと卒業写真にも写った。

1911年、早稲田大学英文科予科に入学したものの、派手な生活に仕送りは消えてしまい、学費が払えそうになかった直木は、学費の安い高等師範部に移り、こっそり英文科の講義にしのび込んで授業を受けていた。

しかし、またもや学費滞納のため、高等師範部も除籍されてしまった直木。それでも大学に通うのをやめず、今まで通り授業を受け続ける直木を同級生や教授たちは黙認し、結局他の学生と同様に最後まで修学した。

卒業式の日にも学校に現れた直木は、当たり前のような顔をして記念撮影の列にもぐり込み、首尾よく卒業生と一緒に撮影して、「ちゃんと卒業したよ！」と親に写真を送りつけた。

揉めに揉めた直木三十五の悪ふざけ企画「文壇諸家価値調査表」。

「文藝春秋」の企画を担当していた直木は、1924年11月号に「文壇諸家価値調査表」という企画を掲載する。

これは当時の作家に「学殖（学力・知識）」「天分（資質・才能）」「修養（人格）」「度胸」「風采（容姿）」「人気」「資産」「腕力」「性欲」などの項目で、直木の独断と偏見で点数をつけていくというもので、谷崎潤一郎は「性欲96点」と書かれたり、田山花袋は「好きな女」という項目に「弟子」と書かれたりして、読者にはこれが大いにウケた。

もともとは身内の悪ふざけ企画だったが、作家の今東光（こんとうこう）は「人を軽蔑するのも甚だしいもんだ」と、これに激怒し、掲載を許可した菊池寛を糾弾した。

ちなみに、ライバル雑誌に移籍してまで「文藝春秋」を批判し続ける今東光に対し、「こんなんお遊びだろ。小さい人間だなぁ」と反論した菊池は「風采36点」とつけられていた。

文壇諸家價値調査表

大正拾參年拾月末現在
例により誤植多かるべし

六十點以上及第
六十點以下五十點迄を假及第
八十點以上優等

人名 ＼ 種類	學殖	天分	修養	度胸	風采	人氣	資産	腕力	性慾	好きな女	未來
芥川龍之介	九六	九六	九八	六二	九〇	八〇	骨とう	〇	二〇	何んでも	九七
有島生馬	五二	六〇	八三	七三	九三	三〇	土地と家	七〇	七八	素・人	七二
泉鏡花	三八	九九	六五	一〇	六二	七〇	三千圓	一	六〇	娼妓	八〇
犬養健	六七	六二	八七	五	九一	七五	親爺	六七	九〇	令孃	八五
伊藤貴麿	七三	八六	四二	三一	八七	三五	親爺	七八	九六	娘	八二
宇野浩二	七五	八九	七六	七六	頭を除く八九	七八	藝者	六六	〇	藝者	八五
葛西善蔵	四六	八〇	二〇	九〇	八六	四一	酒	九二	八〇	向ひの娘	七二
加藤武雄	五一	四八	六〇	七八	七一	五九	主婦之友	八一	八八	何んでも	六七
金子洋文	四九	四九	七五	七六	七三	六二	遊泳術	八五	八九	同	六六
加能作次郎	六二	五二	八八	六七	六八	六一	神樂坂	六〇	七〇	藝者	六四
川端康成	七八	六七	八五	七〇	六〇	三九	文學士	六一	八八	何んでも	七二
片岡鐵兵	六九	七四	七六	七三	八六	六八	月評	五二	六六	妻君（人の）	七九
久保田万太郎	七六	七〇	九七	六五	二一	七〇	遅筆	六七	八〇	女中	六七
久米正雄	八九	八九	八六	六〇	七九	九五	艶子	八八	九八	お酌	九〇
小島政二郎	九二	二一	七九	七二	七八	一〇	講師と愛妻	七〇	九六	妻	四三
今東光	八一	六〇	五二	八七	九二	四八	不良性	一〇〇	九二	女優	七七
佐々木味津三	七三	六八	六七	九六	六三	六二	苦樂と直木	七二	七二	金のかゝらぬ女	七六
同 茂索	六九	七八	七八	八六	九五	七九	美貌	七二	八九	妾（人の）	八七
里見弴	八二	九五	九九	七〇	九九	九〇	子供	六七	七五	玄人	九八

（49）

▲「文藝春秋」1924年11月号「文壇諸家価値調査表」

文壇諸家価値調査表（抜粋）

人名＼種類	学殖	天分	修養	度胸	風采	人気	資産	腕力	性欲	好きな女(男)	未来
芥川龍之介	96	96	98	62	90	80	骨とう	0	20	何でも	97
泉鏡花	38	99	65	10	62	70	3000円	1	60	娼妓	80
宇野千代	32	67	71	88	52	58	女流作家少ない事	76	86	尾崎士郎	10
川端康成	78	67	85	70	60	39	文学士	61	88	何でも	72
菊池寛	89	87	98	69	36	100	28万円	72	68		96
久米正雄	89	89	86	60	79	95	艶子	88	98	お酌	90
今東光	81	60	52	87	92	48	不良性	100	92	女優	77
佐藤春夫	66	90	89	71	87	82	ネクタイ	50	49	芸者	90
里見弴	82	95	99	70	99	90	子供	67	75	玄人	98
志賀直哉	71	89	97	60	90	90	不発表	89	90	吉原の	90
谷崎潤一郎	72	95	87	71	76	96	糖尿病	76	96	洋装	91
田山花袋	69	56	85	77	67	52	借家	80	99	弟子	46
徳田秋声	39	52	86	72	65	67	家作	59	67	女中	57
直木三十三(三十五)	74	80	20	96	86	78	負債	20	5	芸者	80
武者小路実篤	68	92	95	62	63	80	女2人	52	90	素人	92
横光利一	75	60	89	90	52	73	菊池寛	62	69	娘	66

【川端康成】

（1899～1972）

プロフィール

職業：小説家
本名：川端康成
出身地：大阪府
好きな文豪：横光利一
趣味：古美術蒐集

目ヂカラがハンパない 日本初のノーベル文学賞受賞者

幼い頃に両親と祖母、姉を相次いで亡くし、祖父のもとで育てられた川端康成。生まれつき虚弱体質で学校も休みがちだったが、成績はよく、中学生の頃には文芸雑誌を読むようになり、この頃から小説家を志すようになる。

22歳の時に発表した小説『招魂祭一景』が高く評価され、文壇デビュー。

横光利一らとともに同人雑誌「文藝時代」を創刊し、新感覚派の代表的作家として活躍した。

16歳の時に「もっともっと勉強してノーベル賞を獲る」と言った通り、1968年に日本人初めてのノーベル文学賞を受賞。

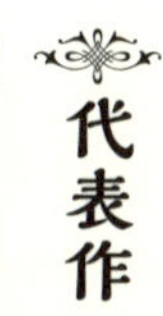

代表作

『伊豆の踊子』（1926）

伊豆へ一人旅に出た青年が旅芸人一座と道連れとなり、踊子の少女に淡い恋心を抱く物語。

大学時代の寄宿舎生活がいやすぎた川端康成は、その生活から逃げるように伊豆旅行に行き、その旅行での経験をもとに書かれた作品。

ちなみに川端は、執筆の際に宿泊していた旅館の4年半分の代金を1円も払わなかった。

『雪国』（1937）

「国境の長いトンネルを抜けると雪国であつた」

冒頭の一文があまりに有名な川端の代表作。

親の財産で不自由ない生活を送る島村は、雪深い温泉町で出会った芸者・駒子の一途な生き方に惹かれながらも、ゆきずりの愛以上のつながりを持とうとしない。

川端が新潟県湯沢町に滞在していた時の体験をもとに執筆。

川端康成は、家に入った泥棒をジッと見つめて退散させた。

極端に寡黙でギョロッとした大きな目で人をじろじろと見つめる癖があった川端康成は、その癖で多くの人を困惑させた。

家賃の催促に来た家主のおばあちゃんを玄関先で黙ってじっと見続けて退散させたかと思うと、講演会を頼まれると「特にしゃべることはないので、時間いっぱい顔でも見ててください」と1時間一切しゃべらなかった。

書籍の打ち合わせの時には、席で押し黙った川端から発せられる緊張感に耐えかねて、とうとう声を上げて泣き出す女性編集者を、さらにじっと見つめて、「どうしたのですか？」と言い、金を借りるために菊池寛の家に上がり込むと、一言もしゃべらずに「フクロウのような目」で菊池を凝視し金を出させた。

部屋に泥棒が入った時には、目の合った泥棒を何も言わずにジッと見つめ、「……駄目ですか？　駄目ですよね……。帰ります……」と目ヂカラだけで退散させたほどだった。

（出典）三島由紀夫『永遠の旅人』
梶井基次郎『川端秀子宛ての書簡』
小田切進『あたたかい人―川端さんのこと―』

欲しいものはなんとしてでも手に入れる川端康成。

川端康成はいつもツケで飲み歩き、ツケがきかなくなると、編集者や作家仲間を呼び出して払わせていた。

そもそも川端は、最初から「金は天下の回りもの」という考え方で、「ある時は払い、ない時は払わなくてよい」とはっきりしていた。ある人が「銀座のバーの勘定は高い」と言うと「高かったら、払わなきゃいいじゃないですか」とキッパリと言ったそう。

欲しいものがあると、それがどんなに高額なものであろうと、お金を持っている人に借りるかツケにして踏み倒したという川端。

ある日突然、文藝春秋の編集部に現れた川端は、当時の社長に「金庫にいくらありますか?」と聞き、「え?　300万くらいは……」と社長が答えると「欲しい壺がある」と言って全額持って行ってしまう。

川端はその当時、文藝春秋から本も出していないし、寄稿もしていない。そんな川端に300万円（現在の価値に換算すると約2000万円）を貸してしまうのもどうかしてるけど、借りる方も借りる方である。

ちなみにこの時の借金は、文藝春秋の社長が代わった時にうやむやになってしまう。まさに、「天才」と呼ばざるをえない借金スキルの高さである。

また、『伊豆の踊子』を執筆する際に伊豆・湯ケ島の「湯本荘」にしばらくの間滞在した川端だったが、この時の宿代数カ月分も1円も払わなかった。

ノーベル文学賞の受賞が決まった時には、7000万円もする富岡鉄斎の屏風(びょうぶ)をはじめ、合計で約1億円もの美術品を買い漁り「ノーベル賞の賞金で払うから大丈夫」と言っていた川端だったが、ノーベル文学賞の賞金は2000万円だった。

川端が自殺したあとには、集めた国宝、重要文化財など、約200点を超える美術品が残されていたが、方々に借金やツケも残されていた。

(出典)梶山季之『借金の天才　川端康成の金銭感覚』

【横光利一（よこみつりいち）】

（1898 ～ 1947）

プロフィール

職業：小説家
本名：横光利一（としかず）
出身地：福島県
好きな文豪：川端康成、菊池寛
趣味：うなぎとカステラ饅頭

「文学の神様」と呼ばれた、文壇イチまじめな男

鉄道技師だった父の仕事の関係で、転校を繰り返す小学生時代を過ごした。

中学生の頃には夏目漱石や志賀直哉などの作品を読むようになり、教師に文才を認められ小説家を目指すようになる。

早稲田大学に進学し、この頃から文芸雑誌に小説を投稿するようになり、生涯師事することになる菊池寛と出会う。そして、菊池の口添えで「文藝春秋」で記事を書きながら、25歳の時に発表した『日輪』が話題となり文壇デビューを果たす。

その後、川端康成ら新進作家とともに「文藝時代」を創刊し、新感覚派と呼ばれた。

代表作

『日輪』（1923）

邪馬台国の女王・卑弥呼をめぐる王たちの戦いの物語。戯曲のようにセリフと情景描写のみで描写され、心情の説明は一切ないにもかかわらず、登場人物の激しい慟哭（どうこく）や欲情、悲哀を見事なまでに表現した意欲作。

『春は馬車に乗って』（1926）

結核を患った妻と、彼女を看病する夫とのやりとりを描く短編小説で、23歳の若さで亡くなった最初の妻との生活をもとに書かれた作品。

まじめすぎて牛鍋に一口も手をつけない横光利一。

まだ作家として売れる前の横光が、初めて川端康成に会った時の話。菊池寛の誘いで牛鍋を食べに行くことになった3人だったが、横光は一向に箸をつけようとしない。

「どうした。腹の調子でも悪いのか？」と菊池が聞くと、「今ここでこんなに美味しいご馳走をみんなと腹いっぱい食べてしまったら、明日からの孤独な貧乏生活に耐えられそうにないので遠慮する。悦楽に浸り、文学の勉強を疎かにするわけにはいかない」と答えた。

「いや、まじめか！」と菊池は言ったが、結局一口も食べずに帰った横光。

横光が帰ったあと、菊池は川端に、「なんか変な奴だけど、あいつは偉い。お前ら友達になれ」と言い、川端もそんな横光を気に入った。

横光は29歳の時に結婚することになり、川端も披露宴に駆けつけた。

川端が宿泊先を決めていないことを察した横光は、「きみ、今夜泊まるところが決まってないんだろ？　僕らは伊豆のホテルに行くんだが、一緒に行こう」と言い出した。

川端「え？　それって新婚旅行なんじゃや……？」

横光「そうだよ」

どこまでも優しく、川端が大好きな横光なのでした。

（出典）川端康成『横光利一』

横光利一、とんでもない格好で野球に参加する。

横光は文章を書くこと以外なんにもできない男で、電話ひとつかけることもできなかった。菊池寛と旅行に行った時は、切符を買ったり、といった雑用は全部菊池にやってもらった。医者に栄養失調と診断されると、なぜか「バター＝栄養」と思い込み、毎日茶碗いっぱいのバターを食べた。

菊池がプレゼントしてくれたステッキを大阪に忘れてきた時は、わざわざ菊池が取りに行ってやり、文藝春秋主催の野球大会に参加した時は「ユニフォームを持っていなくてね」とモーニングを着て来た。

（出典）横光利一『日本の文学第37巻』

【梶井基次郎(かじいもとじろう)】

（1901〜1932）

プロフィール

職業：小説家
本名：梶井基次郎
出身地：大阪府
好きな文豪：川端康成
趣味：紅茶

早世の天才は文壇イチの暴れん坊

教育熱心だった母親の影響により、子供の頃から『万葉集』や『源氏物語』などに親しみ、成績も優秀だった。

19歳の頃に結核と診断され、療養生活を送る中で森鷗外や夏目漱石、志賀直哉などの作品に没頭する。

高校時代は酒を飲んでは暴れる生活だったが、一念発起して東京帝国大学文学部に入学。仲間と創刊した同人誌「青空」に『檸檬(れもん)』を発表し、本格的に作家を目指すようになる。

病状悪化のために療養で訪れた伊豆で出会った川端康成とは、終生まで親交があった。

短編を中心に作品を書き続け、井伏鱒二に「神業の小説」と絶賛されるも、翌年肺結核のため31歳の若さで亡くなる。

代表作

『檸檬』（1925）

ふと目に入った八百屋で、檸檬を見つけた主人公の得体の知れない憂鬱な心情や、ふと抱いたいたずらな感情を、梶井が京都で下宿していた時期の鬱屈した心理を背景に描いた作品。

同人誌初出の当初は注目されておらず、6年後に単行本化されてから高く評価されるようになった。

『のんきな患者』（1932）

結核を患い病床生活を送る主人公が、母親とのとぼけた会話や、同じ病で死んだ者やその家族など、下町の暮らしぶりを回想交じりに綴った物語。

同人誌ではなく、初めて文芸雑誌に掲載され原稿料を得た作品だったが、梶井はこの作品を執筆した3カ月後に死去したため、最後の小説となった。

学生時代の梶井基次郎、どうしても卒業したくて重病人のふりをする。

第三高等学校を2度落第し「三高の主」「古狸」と言われていた梶井は、なにかと騒動を起こす問題児で有名だった。

酒を飲んでは泥酔して、ラーメン屋の屋台をひっくり返したり、料亭の池に飛び込んで鯉（こい）を捕まえようとしたり、喧嘩してビール瓶で殴られたりと、そんな滅茶苦茶な生活っぷりの梶井は、当然成績もいいわけがなく、周りの友人からも「卒業できないんじゃない？」と心配されていた。

どうしても卒業したかった梶井は一計を案じた。

重病人のふりをして人力車で教授の家に押しかけ、わざとらしいくらいに咳をしながら、いかに自分が病弱でかわいそうな苦学生であるかを訴えて同情を煽ったのだ。

この作戦で見事に教授をだました梶井は、まんまと高校を卒業してみせたのでした。

梶井基次郎、泥酔して「俺に童貞を捨てさせろ！」と街中で叫び、友人を困らせる。

ある日、友人たちと飲んでいた梶井は、いつものように泥酔して、八坂神社の前で大の字になって寝ころび、「俺に童貞を捨てさせろ！今！」と大声で絶叫し始めた。

困った友人たちは、仕方がないので近場の遊郭へ連れて行ってやる。

翌朝、すっかりおとなしくなった梶井だったが、なにかぶつぶつと言っているのでよくよく聞いてみると、「俺は純粋なものがわからなくなった……」とか、「俺は堕落してしまった……」とか延々と繰り返して、友人たちに面倒くさがられた。

（出典）中谷孝雄『梶井基次郎―京都時代』

詩で自信満々に女の子にアタックするも、盛大にフラれた梶井基次郎。

通学途中でたびたび見かける女学生を好きになってしまった梶井。

「どうやって気持ちを伝えればいいんだ！」と毎日友人に相談していた梶井だったが、ある日上機嫌で友人のところにやってきて、「とうとうやりましたよ！」と言う。

どうしたのかと友人が聞くと、

「ある詩集の1ページを破り取って、『これ、読んでください！』と彼女に渡してきたのだよ。そのページというのは、恋を知った1人の男が相手の女性に至純な愛を訴える詩でね。ふふふ」と自信満々。

翌日の通学途中で彼女に会った梶井。

恐る恐る「読んでくださいましたか？」と尋ねると、「知りません」と冷たくあしらわれ、目も合わせてもらえなかった。という実体験をもとに、生まれて初めて梶井が書いた小説は、友人に「読んでくれ」と渡したものの紛失され、まぼろしの処女作に。

（出典）平林英子『梶井さんの思ひ出』

コラム

「大衆作家・菊池寛が育てた純文学」

菊池寛は、『無名作家の日記』『恩讐の彼方に』などで世に認められた作家でしたが、文藝春秋社を立ち上げてからは「芥川賞・直木賞」を創設し、著作権の擁護、作家の地位向上など数々の功績を残した実業家でもありました。事業の成功で得たお金を趣味やギャンブルなどにもつぎ込んだ菊池でしたが、一方で若手作家を助けるためにも惜しみなくお金を使いました。

「マント盗難事件」で第一高等学校を退学になり、友人の父親の援助で京都帝国大学文学部に入ることができた菊池は、人に助けられるありがたみを知り、また、幼少期の体験から貧困のつらさを知っていた菊池にとっては、若く才能ある作家たちを援助することは当然のことだったのかもしれません。

学生時代、芥川龍之介とともに夏目漱石の勉強会「木曜会」に出席していた菊池でしたが、漱石にはあまり評価してもらえず、芥川ばかりが褒められるのを尻目に小説を書き続ける、鬱屈した学生時代を過ごしました。

「自分は現代の作家の中で、いちばん志賀氏を尊敬している。尊敬しているばかりでなく、氏の作品が、いちばん好きである」と語る菊池は、「小説の神様」と呼ばれた志賀直哉のような純文学を目指していましたが、なかなか芽が出ません。

やがて32歳の時に書いた『真珠夫人』が大ヒットし、一躍流行作家の仲間入りを果たしますが、『真珠夫人』は一般庶民にも親しみやすい、いわゆる通俗小説。純文学こそが芸術とされたこの時代、『真珠夫人』はインテリ層からは下に見られました。

同期の芥川が純文学作家として売れていく中、世間から大衆作家と見られる苛立ちを抱えながら、菊池は「文藝春秋社」を立ち上げます。仕事のない作家たちをなんとかしたいという気持ちから「文藝春秋社」を創立した菊池は、「文藝春秋創刊号」編集後記に「この雑誌に、書いてくださる人に一言する。原稿料は、原則として払う。殊に、文筆丈(だけ)で喰っている人には屹度(きっと)払う。（中略）投稿も取る。無名の人でも、言説が面白ければ採る」と掲げ、才能がありながら食えていない作家たちに飯を食わせ、金銭面で援助し、作品を書かせて発表の場を与えます。彼らは菊池から与えられた仕事で生活費を確保することができ、芸術活動に専念することができたのです。そうして、菊池の援助によって多くの作家が世に出ていくことになりました。

直木三十五も菊池に助けられた作家のひとりでした。

菊池が新進作家を育てる名目で、早世したふたりの友人の名を冠して設立した「芥川賞」と「直木賞」。

「優れた純文学小説を書いた作家に与えられる賞」である「芥川賞」に対し、「直木賞」は大衆作家として功績を残した直木三十五を記念して、「優れた大衆小説を書いた作家に与えられる賞」でした。

世に出る前の直木は、出版事業や映画事業の失敗などで、家賃も払えず借金まみれの状態でしたが、そんな直木の前にふらっと現れた菊池。

「コートを仕立てさせたのだが、サイズを間違えられて着られない。君が代わりに着てくれ」

渡された上等なコートは、間違えて作られたはずなのになぜか直木の身体にぴったりで、さらにポケットには折りたたまれた紙幣が何枚も入っていました。

直木の才能を早くから見抜いていた菊池なりの援助でしたが、これに感激した直木は文藝春秋社のために一晩で原稿用紙何十枚という驚異的スピードで原稿を書きまくり、その温かい援助に応えます。

やがて『南国太平記』で超人気大衆作家となった直木は、それまでインテリ層の読み物だった歴史小説をエンターテインメントとして昇華し、大衆層にまで広めた先駆者となります。

そんな直木の功績を称えて「直木賞」を設立した菊池。純文学に対して大衆文学が下に見られがちな時代にあって、純文学を主とする「芥川賞」と大衆文学を対象とした「直木賞」を同等に置いたのは、同じく大衆小説というジャンルを切り開いた、菊池なりの直木への最大のリスペクトだったのでした。

菊池によって引き合わされたふたりの天才、横光利一と川端康成は終生互いの才能を認め合った無二の友人でした。ふたりは「文藝時代」と題した同人誌に次々と前衛的な短編を発表し、「新感覚派」と呼ばれ、戦後の文壇を牽引していきます。

青年時代に菊池によってその才能を見出された川端は、身寄りがなかったこともあり、菊池の援助を受けて生活していました。

川端は23歳の頃、ある女性と結婚の話が持ち上がります。しかし金のない川端は恐る恐る菊池の家を訪ね、仕事をもらえないかと切り出します。当時の菊池と川端は数回会った程度の関係で、川端は断られる覚悟でした。一言二言と話す川端の話を黙って聞いていた菊池は、一言「わかった」と頷(うなず)いて、「この家を君にタダで貸してやる。当座の費用は全部出してやる。そして月々の生活費も補助してやる」と立て続けに言い、最後に「小説を書いたらすぐに俺のところに持ってこい」と言います。唖然とする川端でしたが、それほどまでに川端に可能性を感じていた菊池だったのでした。

川端が『伊豆の踊子』単行本刊行についての作業のため伊豆に滞在していた頃、肺結核の療養のため同地に訪れたのが梶井基次郎でした。

梶井は伊豆に到着してすぐに川端の逗留する旅館に向かいます。梶井にとって、当時気鋭の作家だった川端に会うことも、目的のひとつだったのです。

面識のなかったふたりでしたが、梶井の作った同人誌「青空」を読んだことのあった川端は、この突然の訪問者をこころよく受け入れます。

それから3カ月間、毎日のように部屋にやってくる梶井に川端もすっかり打ち解け、とうとう『伊豆の踊子』の校正作業を手伝ってもらうほどの仲になります。

知り合って間もない無名の作家に自著の校正作業を手伝わせるほどに梶井を信頼した川端と、「先輩作家の書法を直に学ぶ絶好のチャンス！」と、昼夜を問わず校正作業に没頭した梶井。

川端が横光利一の結婚式に出席するために上京した時も、梶井はひとり旅館に残って作業を続けたのでした。

そして梶井は、のちに川端が「私は少なからず狼狽したのを覚えている。自分の作品が裸にされたような恥ずかしさがあった。彼は私の作品の字の間違いを校正したのでなく、作者の心の隙を校正したのであった」と、書き残すほど見事な仕事をしてみせたのでした。

横光利一の文壇デビューとその後の成功も、菊池による後押しがあってこそでした。菊池は、まだ小説らしい小説をひとつも発表していなかった無名の横光に、「君の書くものは必ず『文藝春秋』に載せる。君のこそが小説だ」と言い、菊池の言葉に奮起した横光は、その後に書いた『日輪』が絶賛され華々しくデビューすることになります。

関東大震災の際に、安否確認のとれない横光を心配した菊池は、「横光ヤーイ！　無事であるか、無事なら出て来い」と書いた旗を持って焼け跡の街を歩き回り、のちに「文藝春秋社の次の社長は誰にするか」と問われた際には、「そりゃあ、横光利一だろ。才能もあり人間として信頼できる」と答えるほど、横光に惚れ込んでいたのでした。

こうして菊池に支えられながら書き続けた横光と川端は、のちに、かたや「文学の神様」と言われ、かたやノーベル文学賞を受賞する大作家となります。

そして、純文学作家としては世に出ることはできず、「大衆作家」の名に甘んじながらも、多くの作家を援助することで純文学界を陰ながら支えた菊池は、最後まで、「生活第一！　芸術なんぞ二の次だ！」とうそぶくのでした。

（出典）菊池寛『志賀直哉氏の作品』
川端康成『若い者を甘やかせる』
井伏鱒二『荻窪風土記』
池島信平『雑誌記者』
川端康成『梶井基次郎』

あとがき

まえがきでも少し書かせていただいた通り、以前に書いた「文豪どうかしてる逸話集」という記事が話題になっていたようで、それを見てくださったKADOKAWAの編集の方からご連絡いただいたわけですが、そもそも私は話題になっていること自体知らなかったものですから、「本出しませんか?」と連絡いただいた時は、「ふふん、これは新手の詐欺だな。ほいほい返事したらきっと『iTunesカード買ってこい』とか言われるの、知ってる」とか思ったものでした。

恐る恐る返事してみたら、もちろん詐欺なんかのわけはなく、あれよあれよという間に書籍化の話になり、あっという間にこの『文豪どうかしてる逸話集』ができあがったわけです。

本書では、明治時代から昭和までに活躍した文豪たちのエピソードを選りすぐって紹介してきました。明治維新や大正デモクラシー、世界大戦と時代のうねりの中を駆け抜けながら、新しい表現を模索し数多くの名作を残した彼ら。そんな文豪たちですら、普段考えていることや言動はちょっとおかしくてかわいくてどこか変で、「現代人ってまじめすぎるのかも。もっと肩の力を抜いて生きてもいいのかも」と思わせてくれます。

彼ら文豪たちの「どうかしてる」逸話の数々が、本書を手に取ってくださった皆さんにとって、なにかと窮屈な時代を生きるヒントに少しでもなったら幸いです。

今回書籍化するにあたって、改めて彼らの作品や随筆、書簡なんかを読み直すという作業がいちばん大変だったわけですが、「たしか太宰治ってこんなエピソードあったよなぁ。なんの本に書かれてたっけ？　この本だっけ？　いやこっちか？　あれ、どっちにも書かれてないぞ？　なにに書いてあったっけーーー？　結局最初の本に載ってた」みたいな作業の繰り返しで、執筆している時間より資料探す＆読んでいる時間の方が圧倒的に長かったのですが、この作業がなんとも楽しくて楽しくて。

　子供の頃に読んだ漱石や10代の頃に読んだ太宰や梶井基次郎、20代の頃に読んでいた泉鏡花などなど、今読んでみると、当時はなんとも思わなかったような一文に感動したり、これってこういう意味だったのか、と新しい発見があったり。ついつい読み耽（ふけ）ってしまっては、毎度締め切りを守れなかったりしたわけですが、自分自身楽しみながら書いたこの本を皆さんも楽しんでいただけていればと思う次第です。

　そしてなにより、本書をきっかけに明治～昭和の文壇を支えた文豪たちに、少しでも興味を持っていただけたら幸いです。

今回『文豪どうかしてる逸話集』を刊行するにあたり、素晴らしいデザインで表紙を飾ってくださった坂川朱音さん、読みやすい本文デザインを担当してくださった二ノ宮匡さん、こちらの要望にきっちり応えてオモシロかわいいイラストを描いてくださったほししんいちさん、書籍化のお話を提案していただき、遅筆稚拙な自分を最後まで根気強く支えてくださった編集担当の繁田真理子さん、関係者各位、そしてなにより本書を手に取り、読んでくださった皆様に心から感謝いたします。

本当にありがとうございました。

進士　素丸

参考文献

太宰治『川端康成へ』(1935)
太宰治『創生記』(1936)
佐藤春夫『或る文学青年像』(1936)
檀一雄『小説　太宰治』(1949)
坂口三千代『クラクラ日記』(1967)
檀一雄『小説　坂口安吾』(1969)
坂口安吾『私は誰?』(1947)
志賀直哉『自転車』(1952)
志賀直哉『沓掛にて～芥川君のこと～』(1927)
志賀直哉『万暦赤絵』(1933)
坂口安吾『酒のあとさき』(1947)
保阪嘉内への書簡(1918)
太宰治『如是我聞』(1948)
坂口安吾『不良少年とキリスト』(1949)
菅虎雄宛ての書簡(1908)
正岡子規『墨汁一滴』(1932)
芥川龍之介『漱石先生の話』(1927)
松岡譲『漱石の思い出』(1928)
芥川龍之介『夏目先生』(1935)
萩原朔太郎『詩壇に出た頃』(1960)
室生犀星『我が愛する詩人の伝記』(1958)
高浜虚子『漱石氏と私』(1917)
夏目漱石『正岡子規』(1908)
内田百閒『阿房列車』(1950)
内田百閒『百鬼園随筆』(1933)
江口渙『芥川龍之介君を回想す』(1927)
内田百閒『私の「漱石」と「龍之介」』(1965)
萩原朔太郎『中央亭騒動事件』(1926)
内田魯庵『硯友社の勃興と道程』(1916)

巌谷小波『紅葉山人追憶録　第一』（１９０３）
水上瀧太郎『鏡花世界瞥見』（１９２８）
小村雪岱『泉鏡花先生のこと』（１９３９）
谷崎潤一郎『文壇昔ばなし』（１９５９）
鏑木清方『思ひ出今昔』（１９４０）
田山花袋『東京の三十年』（１９１７）
幸田文『父・こんなこと』（１９５０）
佐藤儀助編『文壇風聞記』（１８９９）
後藤宙外『田山花袋論』（１９１０）
里見弴『二人の作家』（１９５０）
登張竹風『鏡花の人となり』（１９４９）
瀬戸内寂聴『つれなかりせばなかなかに』（１９９７）
渡辺千萬子『落花流水』（２００７）
日本経済新聞『私の履歴書』（１９５６）
江戸川乱歩『探偵小説三十年』（１９５４）
江戸川乱歩『乱歩打明け話』（１９２６）
江戸川乱歩『探偵小説四十年』（１９６１）
森茉莉『父の帽子』（１９５７）

神谷初之助『帝室博物館長としての森先生』（１９２２）
江戸川乱歩『プロバビリティーの犯罪』（１９５４）
永井荷風『断腸亭日乗』（１９８０）
永井荷風『書かでもの記』（１９１８）
菊池寛『話の屑籠』（１９３５）
三島由紀夫『永遠の旅人』（１９５６）
梶井基次郎『川端秀子宛ての書簡』（１９２８）
小田切進『あたたかい人―川端さんとのこと―』（１９７２）
梶山季之『借金の天才　川端康成の金銭感覚』（１９７７）
川端康成『横光利一』（１９６６）
横光利一『日本の文学第37巻』（１９６６）
中谷孝雄『梶井基次郎―京都時代』（１９４０）
平林英子『梶井さんの思ひ出』（１９３５）
菊池寛『志賀直哉氏の作品』（１９１８）
川端康成『若い者を甘やかせる』（１９２４）
井伏鱒二『荻窪風土記』（１９８２）
池島信平『雑誌記者』（１９５８）
川端康成『梶井基次郎』（１９３４）

装丁　坂川朱音（朱猫堂）
本文デザイン　二ノ宮匡
イラスト　ほししんいち

進士素丸（しんじ・すまる）
1976年２月生まれ。舞台演出照明、映像制作、グラフィックデザイン、ライターなど、マルチに手がけるクリエイター。
「カッコいいニッポン」をテーマに活動するパフォーマンスチーム「en Design」では照明演出を手がけ、同団体のブログに寄稿した記事「文豪どうかしてる逸話集」がきっかけとなって本書の出版に至る。

文豪（ぶんごう）どうかしてる逸話集（いつわしゅう）

2019年10月25日　初版発行
2023年５月30日　９版発行

著者／進士（しんじ） 素丸（すまる）

発行者／山下 直久

発行／株式会社KADOKAWA
〒102-8177　東京都千代田区富士見2-13-3
電話　0570-002-301（ナビダイヤル）

印刷所／図書印刷株式会社

ＤＴＰ／有限会社エヴリ・シンク

ISBN 978-4-04-604451-8　C0091